哈佛经典
文学与哲学随笔

Harvard Classics

幸福生活与美的追求

【美】查尔斯·艾略特（Charles W.Eliot）/ 主编

赵玉闪　李丽君　卢传斌 / 译

中华工商联合出版社

图书在版编目（CIP）数据

幸福生活与美的追求/（美）查尔斯·艾略特主编；
赵玉闪，李丽君，卢传斌译. --北京：中华工商联合出
版社，2018.1

ISBN 978-7-5158-2162-7

Ⅰ. ①幸… Ⅱ. ①查… ②赵… ③李… ④卢… Ⅲ.
①散文集—世界 Ⅳ. ①I16

中国版本图书馆 CIP 数据核字（2017）第 314275 号

幸福生活与美的追求

主　　编：（美）查尔斯·艾略特（Charles W. Eliot）
译　　者：赵玉闪　李丽君　卢传斌
出 品 人：徐　潜
策划编辑：魏鸿鸣
责任编辑：魏鸿鸣　李　瑛
封面设计：周　源
责任审读：魏鸿鸣
责任印制：迈致红
出版发行：中华工商联合出版社有限责任公司
印　　刷：天津旭丰源印刷有限公司
版　　次：2018 年 1 月第 1 版
印　　次：2023 年 4 月第 4 次印刷
开　　本：710mm×1020mm　1/16
字　　数：106 千字
印　　张：9.75
书　　号：ISBN 978-7-5158-2162-7
定　　价：39.80 元

服务热线：010－58301130
销售热线：010－58302813
地址邮编：北京市西城区西环广场 A 座
　　　　　19－20 层，100044
http://www.chgslcbs.cn
E-mail：cicap1202@sina.com（营销中心）
E-mail：gslzbs@sina.com（总编室）

向经典致敬

《哈佛经典》代前言

　　这里向各位书友推介的是被中国现代新文化运动先驱者的胡适先生称为"奇书"的《哈佛经典》。这是一套集文史哲和宗教、文化于一体的大型丛书，共50册。这次出版，我们选择了其中的《名家（前言）序言》《名家讲座》《英美名家随笔》《文学与哲学名家随笔》《美国历史文献》，这些经典散文堪称是经人类历史大浪淘沙而留存下来的文化真金，每一篇都闪烁着人类理性和智慧的光辉。有人说，先有哈佛后有美国。因为在建校370多年的历史中，哈佛培养出7位美国总统，40多位诺贝尔奖得主，政界、商界、科技、文艺领域的精英不计其数。但有一点，他们都是铭记着"与柏拉图为友、与亚里士多德为友、更与真理为友"的校训成长、成功的。正像《哈佛经典》的主编，该校第二任校长查尔斯·艾略特所言："我选编《哈佛经典》，旨在为认真、执着的读者提供文学养分，他们将可以从中大致了解从古代直至十九世纪以来观察、记录、发明以及想象的进程，作为一个二十世纪的文化人，他不仅理所当然地要有开明的理念或思维方法，而且还必须拥有一座人类从荒蛮发展为文明进程中所积累起来的、有文字记载的关于发现、经历，以及思索的宝藏。"这些文字是真正的人类思想的富矿，是取之不尽用之不竭的智慧宝藏，具有永恒的文化魅力。

从文献价值上看，它从最古老的宗教典籍到西方和东方历史文献都有着独到的选择，既关注到不同文明的起源，又绵延达三个世纪之久，尤其是对美国现代文明的展示，有着深刻的寓意。

从思想传播上看，《哈佛经典》所关注到的，其地域的广度、历史的纵深、文化的代表性都体现了人类在当时特定历史条件下所能达到的思想巅峰，并用那些伟大的作品揭示出当时人类进步和文明的实际高度。

从艺术修养的价值来看，《哈佛经典》涵盖了历史、哲学、宗教论著和诗歌、传记、戏剧散文等文学样式，甚至随笔和讲演录也是超一流的，它们都是那个时代精品中的精品。

《哈佛经典》第 19 卷《浮士德》中有这样一句名言，"理论是苍白的，只有生命之树常青"。让我们摒弃说教，快一点地走进《哈佛经典》，尽情地享受大师给我们带来的智慧的快乐，真理的快乐。

目 录

伊曼努尔·康德

主编的话

伊曼努尔·康德（1724—1804），德国思想家、哲学家、天文学家、星云说的创立者之一，德国古典哲学的创始人。康德出生于东普鲁士首府哥尼斯堡（现俄罗斯加里宁格勒）的一个马鞍匠家庭，家人都是虔诚派教徒，1745 年毕业于哥尼斯堡大学，1755 年起在母校执教，1770 年成为教授。康德终生没有离开过哥尼斯堡。

康德的著作以 1770 年为界，分为前批判时期和批判时期。在前批判时期，以自然科学的研究为主，并进行哲学探究。1755 年发表《自然通史和天体论》，提出关于太阳系起源的星云假说。批判时期的著作又分为理论哲学和实践哲学。理论哲学的著作有《纯粹理性批判》（第一版或 A 版，1781；第三版或 B 版，1787）和它的简写本《未来形而上学导论》（1783）；实践哲学的著作有《道德的形而上学基础》（1785）、《实践理性批判》（1788）、《完全在理性范围内的宗教》（1793）和《道德形而上学》（1797）等。康德的学说深刻地影响了此后的哲学，开启了德国唯心主义和康德主义的诸多流派，被认为是对现代欧洲最具影响力的思想家之一。

在政治上，康德同情法国革命，主张自由、平等。在教育上，他认为应重视儿童的天性，使儿童养成自觉遵守纪律的习惯。

《道德形而上学原理》是康德关于伦理道德方面的一本经典著作。它的篇幅虽然不长，但集中论述了德性是人的意志的道德力量而具有自主性的思想，是康德德性论的代表作，对西方的伦理思想产生了极其深刻的影响。

道德形而上学原理

前　言

古希腊哲学分为物理学、伦理学与逻辑学三个部分。这种划分与其学科的性质高度一致，人们只能对有关学科所依据的原则进行补充，以便确保充分理解它们，同时进一步正确地界定其必要的划分，除此之外就不能作更多的改进了。

所有的理性知识，或是唯物的，与某一对象相关；或是形式的，仅涉及理解的形式以及推理自身，一般涉及思维的普遍规律，而与对象的差别无关。形式的哲学称为逻辑学；唯物的哲学按照所研究的对象和遵循的规律，又可分为两种。因为这些规律或者是自然规律，或者是自由规律，所以关于自然规律的科学称为物理学，关于自由规律的科学称为伦理学。前者是自然哲学，后者则是道德哲学。

逻辑学缺乏经验的部分，也在该部分中，思想的普遍和必要规律都依靠来自经验的论据；因为，若非如此，它就不是理解或推理的标准，适合于所有思维，并能加以论证。相反，自然哲学和道德哲学都有各自的经验部分。因为自然哲学必须确定经验对象的自然规律，道德哲学就其受自然影响来看是人类意志的规律。自然哲学是万物依此而产生的规律，道德哲学是万物依此而应该产生的规律，但伦理学却不能不考虑那些总是使它不能产生的条件。

人们可以把所有以经验为根据的哲学称为经验哲学，而把单从先验的原则传达教义的哲学称为纯粹哲学。当纯粹哲学仅仅是形式时，它即是逻辑学；假设它受限于明确的理解对象，就是形而上学。

按照这种分类，产生了两种形而上学的观念，一种是自然形而上学，一种是道德形而上学。因此，物理学既有它的经验部分，也有它的理性部分，伦理学也是如此。不过，就伦理学而言，经验部分可以比较明确地称为实践形而上学，这一名称在道德上适合于理性的部分。

各行各业，所有手工和艺术皆因分工而获益。按照这种分工，一个人并不包揽一切，而是局限于因职业需要与别人截然不同的某种工作，这样就可做得更周全、更熟练。不论在什么地方，只要工作还没有进行划分，每个人都是万事通，那么，这些行业就依然处于落后状态。现在，我们要提出一个值得考虑的问题，那就是纯粹哲学的所有部分是否无须个人特别为此献身？并且，为了整个学术事业的利益，对那些为了迎合公众趣味，习惯于把经验和理性以自己也搞不明白的比例混合起来加以兜售的人们和那些自称为独立思想家的人发出警告，而把只在理性上下功夫称为钻牛角尖的人们，请他们不要同时做两件事情。这两件事情在做法上完全不同，也许每一件都需要有专门的才能，而把这些才能集中在一个人身上，只会使他成为一个笨拙而低劣的工作者。还有一个问题值得考虑，那就是学问的本性好像应要求随时谨慎区分经验部分和理性部分，在固定的（经验的）物理学之前，再加一个自然形而上学；在实践人类学之前，再加一个道德形而上学。这两种先验科学必须谨慎地清除一切经验的东西，以便知道在两种情况下纯粹的理性能够完成多少内容；它自己从什么来源中形成了它的先验学说；并且道德形而上学的事业是由队伍庞大的全体道德学家来完成，还是只由感到这种使命的少数人来完成。

因为在这里，我只是想要讨论道德形而上学，所以，我只会提出这样的问题：人们是否认为有必要建构一个纯粹的、完全清除一切、只是经验的属于人学的纯粹道德哲学？因为从普通的义务观和道德律来看，显然有这样一种哲学是一定的。每个人都会承认，一条规律被认为是道德的，也就是作为约束的根据，那么它一定要具有绝对的必然性。"你不应该说谎"这条戒律只是对人类有效，而其他有理性的东西可以对此不必在意，其余的真正道德规律也是这样的。因而，约束性的根据不能在人类本性中或人所处的环境中寻找，但是先验的东西只存在于纯粹理性的概念中。同时，任何其他单纯以经验原则为基础的规范虽然具有某些方面的普遍性，然而只要它有极小一部分甚至一个念头是出于经验的话，它也是一个实践规则，绝对不会被叫作道德规律。

所以，不仅有原则的道德律本质上区别于每一种具有任何经验的实践知识，而道德哲学是完全以其纯粹部分为依据的。在应用于人的时候，它一点也不须借用关于人的知识（人类学），而是将先验规则给予作为理性存在的人。这些规律，毫无疑问也需通过经验把判断力磨炼得更加敏锐，以便一方面区别这些规则可适用的情况，另一方面创造条件使这些规律易于为人们的意志所接受，并对他们的行为产生有效影响。由于人类受到多种倾向的作用，他们虽能接受纯粹实践理性的理念，但要使它在自己的生命历程中具体起作用，却不是件轻而易举的事情。

道德形而上学之所以必不可少，不仅是因为臆测的理性，以便研究在我们的理性中所发现的先验实践原则的根源，而且如果找不到主导的线索，找不到正确评价的最高标准，那么，道德自身也易于产生各种各样的败坏现象。因为一种行为应该在道德上是善意的，只是合乎道德规律远远不够，而同时一定是为了道德而做出的；如若不然，那种符合就非常偶然并且不可靠。因为，在很多情况下，并不是出于道德的缘故，也会产生合乎道德规律的行为，而在更多情况下却是和道德相背离。现在，只有在纯粹哲学的领域，才可以找到在实践上不可或缺的、纯粹的道德规律。因此，形而上学一定是个出发点，没有形而上学就不会有任何道德哲学可言。那种纯粹原则和经验原则混杂在一起的学说是不配称为哲学的，因为哲学和普通理性知识的区别，正在于哲学在个别的学科中论述了普通理性知识只含混理解的东西。它更不应该称为道德哲学，这种混杂不但破坏了道德的纯粹性，而且阻碍了自身要实现的目标。

请不要因为在此所提出的问题，著名的沃尔夫（Wolff）已经在他那篇普遍实践哲学的道德哲学导论中提到了，就认为我们不必闯入一个全新的领域。正是由于这曾经是普遍实践哲学，所以它探讨的不是一种特殊的意志，不是一种不需一切经验的动机、一种完全由先验原则来决定被称为纯粹意志的意志。它所考虑的只是普遍意义上的意愿，以及在这种普遍意义下属于此种意愿的全部行为和条件。由此看来，它和道德形而上学的区别，与一般逻辑学和先验哲学的区别一样。此外，前者所考察的是一般思想的活动与规则，后者阐明的则是纯粹思想的活动和规则。因此，道德形而上学必须检验可能的纯粹意志的观念和原则，而非人类决意的活动和规则，诸如此类的东西大都来自心理学。固然，普遍实践哲学也突破自己的权限来探讨道德规律和责任，但这并非异议。因为这一学科的作者们仍然忠实于他们的观念。他们只把先天地由理性所提供、自身完全是道德的动机和只通过比较和经验而将理解提高到一般概念的经验动机同等对待，而无视动机来源上的差异，也没有将它们作为同类来面对，只关注它们在数量上的大小。他们用这样的办法勾画出他们关于约束性（义务）的概念。义务虽然是道德之外的东西，可是在一门哲学中却是能得以寻求的东西，这门哲学根本不用在所有可能存在的可行概念上做任何判断，不管这些概念是先天的还是后天的。

我打算在将来写一部道德形而上学的著作，因而预先写下这些原理。比起纯粹实践理性批判，道德形而上学或许并不存在其他的基础，就好像已经出版了的纯粹思辨理性批判，也就是形而上学的基础一样。然而，对纯粹实践理性批判的需要并不像纯粹思辨理性批判那样绝对必要。因为，在道德关注中，人类理性即便是在最一般的理解中也容易达到正确完美的高度。相反，在理论方面，理性的纯粹应用却完全是辩证的。

其次，如果对纯粹实践理性的批判彻底，我就有必要同时说明在原则上和臆测理性的一致，因为，归根结底只有一个理性，只不过在应用中必须有所区别。但是，要是不对完全不同且正困惑读者的类别做各种考虑，在这里我就无法把这件事做得如此完美。由于这种原因，我使用了"道德形而上学基本原理"这个名称而不是"纯粹实践理性批判"。

再次，道德形而上学这个名称虽然听上去有些吓人，但对于大众化、对于一般人理解颇为恰当，我发现把这一原理作为导言单独来写是有用的，如此一来，在将来就不必把这里不可或缺的细节引进那些简明的著作中了。

在这个原理里，当前的主要目的是找出并确立道德的最高原则，这是一种意图明晰、与其他道德研究迥然不同、无可比拟的工作。我对这个问题的结论迄今为止尚未得到令人十分满意的检验，我若通过把原理应用于整个体系，也许会被更多人所了解；通过多方面的展示，也许会得到更多的确证。不过，我宁愿放弃这种便利，因为它与其说是普遍需要，还不如说是个人的喜好，因为一条原则的使用便利和它所显示的全部，不但不会给它的合理性带来任何的确证，反而会导致某种偏见，妨碍我们从本质上对原则进行严格的检验和评价，而不计后果。

我在这本书里采用我认为最便利的方法，分析地从普通认识进展到对这种认识的最高原则的规定性；再对从检验这种原则及其根源到对我们发现得以应用的一般知识进行综合。本书可分为以下几章：

1. 第一章　从一般的道德理性知识过渡到哲学的道德理性知识。

2. 第二章　从大众道德学过渡到道德形而上学。

3. 第三章　从道德形而上学过渡到纯粹实践理性批判。

第一章　从一般的道德理性知识过渡到哲学的道德理性知识

一般来说，在整个世界，甚至在世界之外，除了善良意志，没有什么能称作无条件的善的东西。理解、机智、判断力等，或者说那些精神上的才能、胆识、果断、毅力等，或者说那些性格上的素质，毋庸置疑，从很多方面看是善的并且令人连连称道。然而，它们也可能是极大的恶而且有害，如果恶意利用了这些天赋，并因此构成我们所称的性格的话。这个道理同样适用于生命中的天资。金钱、权力、声名甚至健康以及全部美好生活、如意境遇，这些通常称之为幸福的东西，如果没有一个善良意志去匡正它们对心灵的影响，使行动原则和善意目的相合的话，它们就会激发人们的自负情绪和猜忌心理。众所周知，一个有理性而非常公正的旁观者，看到一个根本没有纯粹善良意志的人却总是享受无尽的荣华富贵，并不会感到愉快。如此说来，善良意志甚至是构成幸福的不可或缺的条件。

某些特性是善良意志所需的，并有助于它起作用，然而，并不因此而具有内在的、无条件的价值，而必须以善良意志为前提，这一善良意志往往限制人们对这些特性合理的赞扬，更不允许把它们看作是绝对的善。在情感上有所节制、不骄躁、殚精竭虑等，不仅从各方面看是善的，甚至似乎构成了人的内在价值的一部分；虽然它们被古人无保留地称赞，但它们还远不是无条件的善，因为若不以善良意志为原则，这些物质也可能变成极端的恶。一个恶人的冷静会使他更加危险，并且在人们眼里会更为可憎。

善良意志，并不由于它所促成的事物而善，并不因它所实现的事物而善，也不因它善于达到预定的目标而善，而仅是因为意愿而善。也就是说，它本质上是善；并且，它本质上就是高贵无比的。任何为了满足一种偏好而产生的东西，甚至所有偏好的总和，都望尘莫及。如果命运不幸，或者由于无情自然的苛待，这样的意志就完全丧失了实现其意图的力量。假如他竭尽自己最大的力量，仍然还是毫无所成，剩下的只是善良意志（的确不是个单纯的愿望，而是唤起我们力量中一切手段的意志），它仍然如宝石一般，自身放射着耀目的光芒，自身就具有价值。实用性只能当作阶梯，帮助我们在日常交往中更有效地行动，吸引那些尚没有充分认识的人关注它，而不是把它推荐给真正的行家，并规定它的价值。

涉及纯粹意志不计任何用处的绝对价值时，我们一定要注意一件奇怪的事情：虽然连有一般理性的人都一致同意这一观点，但是有人依旧心存疑虑，这里面是否暗藏着异想天开的空想。同时，把理性当作我们意志的主宰，很可能是误解了自然意图。现在就让我们从这个角度来探讨这一观念。

在一个有机物、一个与生活目的相适应的自然结构中，我们假定有这样一个基本原则：这里面没有一个器官不是最合适而且最符合其意图的。假如在一个既有理性又有意志的存在者身上，自然的真正目的是保存它，使它生活合适，一句话就是幸福，那么，自然选择创造物的理性作为实现其意图的工具，它的这种安排就太拙劣了。因为创造物为达此目的的所有行为，它所作为的全部规则，倘若是由本能来支配，对它来说，都要比由理性来规定更加妥当，更有把握来达到目的。如果上天决定把理性赐予最受眷顾的创造物，那么，理性唯一能做的就是对自然给予的幸福处境从旁欣赏，去赞美它，去尽情享有它，并对造福的原因心存感激，而不能使欲望屈从于那种软弱的、虚幻的指导，不能干预自然。归根结底，自然不会让理性进入实践的领地，并且让它不作非分之想，凭它那浅薄的见识，自己就能设想出一个达到幸福的计划和完成计划的途径。自然不但选择目的，也选择适宜的手段。它周密地考虑，把两者完全托付于本能。

实际上，一个理性之人越是蓄意谋划，想要得到生活上的舒适和幸福，这个人就越是无法得到真正的满足。因为经过计算他们所得到的一切好处之后，我不想从普通奢侈品的所有技术发明说起，而只从不同的科学（科学在他们看来毕竟只是理解的奢侈品）说起，事实上所得到的终是无法脱离的烦恼，而非幸福，于是他们对此就以嫉妒多于轻视而告终。这是那些宁愿顺从自然本能指使，不愿理性对自己的作为施加更多影响的人的普遍心理。同时，我们必须承认，不愿过高评价理性给生活幸福与满足带来的益处，甚至把它降低为零的人的意见，绝不是对世界主宰的恩赐的抱怨或忘恩负义，在这种意见背后，事实上暗含着这样一种思想：人们是为了另外的更有价值的理想而生存，理性所固有的使命就是实现这一理想，而不是幸福。这个意图作为最高的条件，必定远在人们的私人意图之上。

理性不但不足以指导意志对象和我们的需要，在某种程度上，它甚至增加了这种要求。那天生的自然本能，反倒具有更大的确定性。我们终究被赋予了理性作为实践能力，亦即作为一种能够影响意志的能力，所以我们必须承认，自然一般在分配其能力时已将能力对应于实现目标的手段。对这样的意志而言，理性是绝对必要的，这种意志不仅作为一种手段对其他事物是善，而且它本身也是善。这种意志虽然不是唯一而完全的善，却一定是最高的善，它是其他所有东西的条件，甚至是期待幸福的条件。在这种意义下，我们的看法就与自然智慧相一致了，这就是，为无条件的目标培养所需要的理性，至少在这个世界上要以各种方式限制有条件的目标，即幸福的实现，甚至使它变得毫无价值。人们认为自然在这里不算没有达到目的。因为以树立善良意志为自己最高实践使命的理性，在实现这一意图时，所得到的也只能是它自己独有的满足，也就是在达到一个目标起点，该目标又由理性决定，尽管这可能包含对偏好的目标大失所望。

由此，我们形成了这样一种关于意志的概念，它本身值得深受尊重，而且其为善对别的任何东西并无意图。这一概念已为自然健全的知性所固有，所以不需要教导，只需要把它解释清楚。这一概念，在对我们行为的全部评价中，居于首要地位并且是其他所有东西的条件。为了说明这一点，我们在这里把责任的概念提出来考察。这一概念就是善良意志概念的体现，虽然其中包含一些主观限制和障碍，但是这些限制和障碍远不能把它掩盖起来或者使它不可认识，而通过对比反而使它显露出来，放射出更加耀眼的光芒。

在这里，那些被认为是和责任相抵触的行为我暂且不谈，这些行为从某一角度来看可能有用，但由于它们与责任相对立，所以也就不存在这些行为是否出于责任的问题。我也不考虑那些真正合乎责任的行为，人们对这些行为并无直接的爱好，而是被另外的爱好所驱使来做这些事情。因为很容易分辨人们做这些合乎责任的事情是出于责任，还是出于其他某种利己的意图。最困难的事情是分辨那些合乎责任，而人们又有直接爱好的行为。例如，卖主不应该向无经验的买主索取过高的价钱，这是合乎责任的行为。在生意场上，明智的商家不索取过高的价钱，而是对每个人都保持相对一致的价格，所以一个小孩子也可以买到其他人一样价格的东西。买卖确实是诚实的，这却并不足以证明，商人之所以这样做是出于责任和诚实原则。因为这对他有利，所以他才这样做。此外，人们也不会有一种直接偏好，对买主同等对待，而不让任何人在价钱上占便宜。所以，这种行为既不是出于责任，也不是出于直接偏好，而仅仅是出于自利的意图。

在另一方面，维持生命是自己的责任，每个人对此也有一种直接的爱好。正因为如此，大多数人对此所持有的焦虑是没有内在价值的，他们的人生准则并没有道德意义。维持自己的生命合乎责任，但他们这样做并不是出于责任。相反，如果身处逆境和无望的忧伤夺走了生命的乐趣，在这种情况下，那些遭此不幸的人，以钢铁般的意志去和命运抗争，而不失去信心或屈服，他们想要去死，虽然不爱生命却仍然维持着生命，不是出于爱好或是恐惧，而是出于责任，那么，他们的人生准则就具有道德的意义了。

尽自己所能对他人友善是每个人的责任。许多人富于同情之心，他们毫无虚荣和利己的动机，对与周围的人分享快乐感到愉悦，对别人因他们的工作而满足感到欣慰。我认为，在这种情况下，这样的行为不论怎样合乎责任，不论多么值得称赞，都没有真正的道德价值。它和另一些爱好相似，特别是对荣誉的爱好，如果这种爱好幸而是有益于公众而是合乎责任的事情，从而享有荣誉，那么这种爱好应受到称赞和鼓励，却不值得崇敬。因为这种准则缺乏道德意义，不是出于爱好，而是出于责任。试想，慈善家心灵上被为自身而忧伤的乌云所笼罩，无暇去顾及他人的命运，他虽然有能力去解救处于困境中的人，但由于他已经自身难保，别人的急难不能触动他，就在这种时候，假设他从那沉寂的无动于衷中摆脱出来，他的行为不受任何爱好的影响，完全出于责任，只有在这样的情况下，他的行为才具有真正的道德价值。进而，假定自然并未赋予某人以同情之心，这个人虽然正直，在性格上却是冷漠的，对他人的困苦无动于衷，很可能由于他对自身的痛苦具备特殊的耐力和坚忍性，于是他认为或者要求别人也是如此。如果自然没能把这样一个绝不能说是坏人的人塑造成一个慈善家，那么，和一个好性情的人相比，他不是在自身之内更能找到使自身具有更高价值的源泉吗？毫无疑问！那高尚的道德品质的价值正由此而来，换言之，他做好事不是出于爱好，而是出于责任。

一个人保证自己的幸福是责任，至少是间接责任，由于对自己处境的不满、生活上的压力和困顿，往往导致不负责任。即使抛开责任不谈，所有人对自身幸福的爱好，都是最强烈、最深切的，因为正是在幸福的观念中，所有爱好集合为一个整体。只不过，幸福的规范通常会干扰某些爱好，因此，人们不能从称之为幸福的整体中，制订出准确无误的概念来。因而，某一个目标明确、获得满足的时间具体的爱好，反而比一个不明晰的观念更有分量，这种情况并不奇怪。例如，一个风湿病患者，很可能采取尽情享受，不管将来痛苦的态度，因为经过自己的考虑，他在这里不愿为了一个他日可从康复中得到幸福的、虚无缥缈的期望而牺牲眼下的享受。但是，即使在这一事例中，如果不把对幸福的普遍爱好当成意志的决定因素，对他而言，至少在这一权衡中健康并非必不可少的因素，那么，增进幸福并非出于爱好而是出于责任的规律依然起作用，正因如此，他的行为才具有真正的道德价值。

在《圣经》上，不但爱邻居，甚至爱敌人的戒条，无疑可以这样理解：因为作为感情的爱是不能被强求的，但出于责任的善行，尽管不是爱好的对象，甚至自然地、不可抗拒地嫌弃却可能被强求，这是实践的而不是情感上的爱，这种爱存在于意志之中，不依感受为转移，存在于行为的基本原则中，不存在于温和同情的原则中，只有这种爱可以被强求。

道德的第一个命题是：只有出于责任的行为才具有道德价值。第二个命题是：一个出于责任的行为，其道德价值不取决于它所要实现的意图，而取决于它所被规定的准则。因而，它不依赖于行为目标的实现，而依赖于行为所遵循的意愿的原则，与欲望目标无关。这样能清晰地看出，我们行动可能考虑的意图，以及作为意志动机和目的的行动后果，都不能给予行动以无条件的或道德的价值。如果道德价值不在于意志所预期的效果，那么，它在什么地方呢？它只能在意志的原则之中，而与引起行动的目的无关。意志好像站在十字路口一样，站在它作为形式的先天原则与作为物质的后天动机之间。既然意志必须被某种东西所规定，那么它归根结底要被意志的形式原则所规定，因为一切物质的原则，在这里都已退出意志。

第三个命题，作为以上两个命题的结论，我将这样表述：责任就是出于尊重规律的行为必要。作为我以前行为后果的对象，我可以爱好它，然而从来不会尊重它，因为它只不过是意志的一个效果，而不是意志的能量。同样，我也不会尊重任何偏好，不论它是我自己的，还是别人的，我对自己的爱好只能是赞同，而对别人的爱好有时会喜欢，因为把这种爱好看作是有利于我自己的利益的。只有那种作为原则而永远不会作为效果、和我的意志相联系的东西，只有那种不是助长爱好而是压制它的，才是可强求的对象。一个出于责任的行为，意志应该完全去除所受的一切影响，摆脱意志的对象。所以在客观方面，除了规律，没有任何能规定意志的东西；在主观方面，除了对实践规律的纯粹尊重，也没有能规定意志的东西。准则也不能规定意志，我应该服从这种规律，即使压制自己的全部爱好。

行为的道德价值并不在于它所期望的效果，也不在于需要从这种预期效果中找出其动机的任何行为原则。因为这些效果，对个人条件的适合度，以至他人幸福的增加，都可通过其他因素产生，而并不需有理性的东西的意志，而最高的无条件的善却只能在这样的意志中找到。所以，我们称为道德的那种卓越的善决定着意志，这种善除了具有规律本身的概念之外，可能就不包含其他任何东西了。当然，这种概念只可能存在于理性的人身上，而不可能存在于预期的结果中。这种善自身已现存于按照规律而行动的人的身上，而不是只有从结果中才能找到它①。

究竟会是哪种规律，它的概念能规定意志，而无须预先考虑其后果，使意志绝对无条件地称为善呢？既然我已经认为，意志完全不具备由于遵循某一特殊规律而来的动力，那么，剩下的就只有行为对规律自身的普遍符合性，只有这种符合性才应该充当意志的原则。也就是说，我从来不应该以这样的方式去行动，除非我的准则成为一个普遍有效的规律。如果想使责任不变成一个空洞的幻想和虚构的概念，那么，单纯对规律自身的符合就一般地充当意志的原则，不须任何一个适用于某些特殊行为的规律为前提，而且必须充当这样的原则。人的一般理性在其实践评价中，与此完全一致，而且通常把这一原则牢记在心中。

例如，有这样一个问题：当我身处困境之中，我可以许下诺言却有意地不兑现诺言吗？在该问题可能包含的两层意思之间，我很容易辨别出假许诺是谨慎的还是正确的。毋庸置疑，前一种情况是人们所经常遇到的。不过我认为，只以这种权宜之计来摆脱当前的

---

① 或许有人会反驳我，说我只是在一种感觉模糊不清的"尊重"一词的背后寻找庇护，而不是通过理性概念来说清楚问题。虽然尊重是一种情感，只不过不是一种因外来作用而感受到的情感，而是一种通过理性概念自己产生出来的情感，是一种特殊的、与前一种爱好和恐惧相区别的情感。凡我直接认为对我是规律的东西，我都怀有尊重之意。这种尊重只是一种使我的意志服从于规律的意识，而没有干涉对我的感官的其他影响。规律对意志的直接规定以及对这种规定的意识就是尊重。所以，尊重是规律作用于主体的结果，而不能看作是规律的原因。确切一点说，尊重是阻碍自爱的价值观念。所以，既不能被看作是爱好的对象，也不能被看作是恐惧的对象，而是两者同时兼而有之。所以，尊重的对象只能是规律，是一种加之于自身的东西，并且把它看作本质上必要的规律。作为规律，我们毫无个人打算地服从它；作为自身加之于自身的东西，它又仍然是我们意志的后果。在前一种情况下，它类似于恐惧；在后一种情况下，它又类似爱好。一个人尊重理性，就是对规律的尊重，这个人给我们做出了尊重正直规律的榜样。我们把才能的增进当作责任，所以，一个才能出众的人被当作规律的典范，通过锻炼以达到和他相似，这就构成了我们的尊重。所以我们称之为道德利益，完全出于对规律的尊重。

困境远远不够，还必须进一步考虑到，与所摆脱的当前困境相比，这种诺言在以后是否会给我带来更大的困境。而且，不管多么睿智，我都很难预见到，失去信用给我带来的不利是否会比我现在所设法逃避的厄运更大些，是否按照普遍准则做事更为明智些，并且要养成不去许诺任何无意实现的承诺的习惯。但我很快就看清楚，这样一个准则仍然是基于对后果的考虑。现在可以看出，出于责任而诚实和出于对不良后果的考虑完全是两回事。在前一种情况下，行为的概念自身中已经含有我所要的规律，在后一种情况下，我还要另外去寻找有什么伴随而来的结果。因为，偏离了责任的原则就是恶，而违背一些谨慎准则还会对我有很多好处，虽然遵守这一准则肯定更便于安排。为了给自己寻找一个最简单、最可靠的办法来回答不兑现诺言是否合乎责任的问题，我只需问自己，我是否愿意把这个通过假诺言而使自己摆脱困境的准则变成一条普遍的规律，不仅对人而且对己都是有利的。我是否愿意这样说，在处境困难而找不到其他解脱办法时，每个人都可以许下虚假的诺言？这样，我很快就会认识到，虽然我愿意说谎，但我却不愿意让说谎变成一条普遍的规律。因为按照这样的规律，也就不会有任何诺言可言了。既然人们不相信保证，那么我对自己将来的行为，不论作什么保证都没有作用。即使他们轻信了这种保证，也会用同样的方式回报于我。这样看来，一旦我的准则变为普遍规律，那么它也就毁灭了自身。

因此，无须多么精明睿智，我得知道做什么事情，我的意志才在道德上成为善的。由于对世事没有经验，不能把握世事的变化多端，我只能问自己：你愿意把你的准则变为普遍规律吗？如果不希望，那么这一准则就要被抛弃。这并不是因为它对你和其他人会越来越不利，而是因为它不能作为一个原则参与可能的普遍立法程序，对于这一立法的理性要求我予以直接尊重。至今我搞不清楚尊重的根据是什么，这可由哲学家去探讨，不过我至少理解：这是对那种比爱好所中意的重要得多的东西的价值的评估。从对实践规律的纯粹尊重而来的，我的行为的必然性构成了责任，在责任前，其他一切动机都失去了耀眼的光彩，因为责任是价值凌驾于一切之上、自在善良的意志的条件。

这样，我们就在普通人的理性对道德的认识里，获得了它的原则。虽然一般人不以如此抽象的普遍方式设想这一原则，然而，实际上人们从来不曾忽略它，并一直把它当作评判价值的标准。这里不难看出，手里有了这一指针，在一切所面临的事件中，人们能充分辨别什么是善，什么是恶，哪个符合责任的要求，哪个不符合责任的要求。如果不教给他们新东西，只需像苏格拉底那样，让他们注意自己的原则，因此既不需要科学，也不需要哲学，人们就了解如何做是诚实和善良的，甚至是有智慧和高尚的。我们可以推断出，每一个人，甚至是最普通的人，都能知道每一个人必须做什么、必须知道什么。在这里，人们不免奇怪，在普通人的知性中，实践的判断能力竟远在理论的判断能力之上。在理论判断能力中，如果普通理性敢于无视经验和感性知觉，就要陷入不可理解和自相矛盾之中，至少要陷于不确定和混乱之中，陷于不清晰和不稳定之中。在实践的判断能力中，只有把一切感性动机置于实践规律之外，判断力才表现出自身的优越性。至于追问自己的良心和别人的要求到底什么叫作正当，或者规定自己对某一行为价值的断言是否确切，就是件麻烦的事情了。值得注意的是，在对行为作公正的规定的时候，普通知性很有可能像一个经常自许的哲学家那样，有一个实现目标的美好愿望。和一个哲学家相比，它甚至会更有把握一些，因为哲学家无法拥有什么其他原则，其判断却被一大堆与事情本身没什么关系的计较所干扰，偏离了正确的方向。因此，把关于道德的事物交由一般理性去决断，至多莫过于让哲学使道德体系更加完善、更加易懂，同时，在应用上，尤其是在论证方面，更加方便，而不使一般理解失去其令人愉悦的质朴感，并且也不通过哲学把它引向一条质询和指令的新路上去，这难道不是更为明智吗？

天真无邪的确是件值得骄傲的事，不过可悲的是它很难保持，并且容易被引诱而走上邪路。因为这个缘故，智慧——它的本意是行动更多于知识——也需要科学，不是因为它能教导什么，而是为了使自己的原则更易于为人们认可和保持得更长久。理性所代表的责任对于人们来说值得尊重，面对这样的责任所发出的一切指令，人们感到自身内心在其需求和偏好中有一种强大的平衡力，他们所总结出的全部乐事都被冠以幸福之名。理性毫不让步地发布其指令，却不对偏好做出允诺，甚至可以说，不顾并蔑视这些要求，坚持着而且看起来颇为有理。从这里产生了一种自然辩证法，一种对责任的严格规律进行论辩的倾向，至少是对它的纯粹性和严肃性产生怀疑，并且在可能时，使它适应我们的愿望和需求，也就是说，从根本上破坏它，使它失去价值。这种事情，使普通的实践理性终究不能称为善良。

如此一来，普通人的理性并不是出于某种思辨上的需要，在它还满足于纯粹健康的理性时，这种需要不会出现，而是由于自己的实践理由，而超出了它的范围，进入实践哲学的领域，以便对其原则的来源以及明确的指令，以及基于需要和爱好的准则相反的规定有清晰的主张和了解，使它摆脱产生自对立要求的无所适从的困扰，不再担忧因含糊其词而失去一切真正的基本道德原则。所以随着普通实践理性的发展，不知不觉就产生了辩证法，迫使它向哲学求助，如同我们在理论应用上所看到的那样，辩证法只有在我们理性的彻底批判中才能找到其落脚之处。

第二章 从大众道德学过渡到道德形而上学

虽然之前我们都是从实践理性的普通用法中推导出来责任的概念，但是，这并不等于说我们已经把责任视为一个经验概念了。更进一步，我们甚至可以这样说，倘若我们留心人们的行为方式，我们会发现正如我们所承认、正抱怨的那样，在经验中找不到一个完整的例子，可以表明人们有意基于纯粹的责任而行动。同时，有些事情的发生，即使符合责任的要求，也难以判断它们本身是否具有一种道德价值。所以，一直以来都有一些哲学家完全否认这种意向在人类行为中的真实性。这些哲学家把一切都或多或少地归于提炼加工过的利己之心。但他们只是以真诚的惋惜之情来描述人性的脆弱和败坏，并不因此怀疑道德概念的正确性。人性的高尚虽足以把一个令人肃然起敬的理念当作自己的规范，然而它太过软弱，所以无力恪守这种理念。本来应为人们立法的理性，却只服务于爱好的个别兴趣，至多不过是与他人保持最大的一致而已。

诚然，仅凭经验绝不可能准确无误地辨别出个别情况，判定一种在其他方面合乎责任的行为，其准则是否完全以道德的根据和责任的观念为基础。有时会发生这种情况，尽管通过最彻底的自我省察，除了责任的道德根据之外，我们找不出什么东西能够促使我们去进行这样或那样的善的活动，去承受巨大的牺牲，但并不能由此就确定地得出结论说，在那表面的理想背后没有暗含着实际的自利动机，作为意志所固有的、发挥决定作用的因素。我们总是乐于用一种虚假而高尚的动机来哄骗自己，其实，即使通过最严苛的省察，也永远不会完全搞清楚那隐藏的动机。因为，从道德价值上说，重要的不是看得见的行为，而是隐藏在那些行为背后的、不为人知的原则。

一些人认为道德不过是人们因浮夸而从头脑里虚构而成的，在听到了责任完全是从经验中推导出来（由于贪图安逸，人们易于相信其他概念也同样如此）的议论，是最高兴不过的。对他们而言，决定性的胜利就成了顺理成章的事情。出于对人性的爱，我愿意承认，我们大多数的行为是合乎责任的。不过，如果进一步观察人们所从事的那些活动，人们就会到处碰到那个与众不同的、可爱的自我，这些活动所着意的就是这个自我，而不是要求更多自我牺牲的、责任的严格命令。随着阅历的增长，判断因所获得的经验而更加精准，在观察中更加锐利。一个人只需成为冷静的观察者，不需成为德性的敌人，就不会把对善良的迫切愿望和现实混为一谈。有时，他甚至怀疑在这个世界上是不是能够找到真正的德性。我们关于责任的那些理想会全部破灭，我们对道德规律诚挚的尊敬会从心灵中消失，除非我们坚信：尽管还没有这样从纯粹源泉涌现出来的行为，但是世界上是出现这件事还是那件事都是由独立于一切经验的理性而规定，从而，对那些至今世界上还无例可援的行为，尽管把经验看作是一切基础的人怀疑能不能行得通，但仍果断地接受理性的规定。例如，即使至今还没有一个真诚的朋友，但纯洁真诚的友谊是每个人都渴求的。因为作为责任的现任，它不顾一切经验，把真诚的友谊置于通过先天根据而规定着意志的、理性的观念之中。

进一步说，除非有人推翻道德概念的真理性，否认它与某一可能对象的所有联系，他就只能承认，它的规律不仅对于人，而且一般地，对于一切有理性的东西都具有普遍的意义；它不但在一定条件下有例外地发生效力，而且是完全必然地发生效力。因此，可以肯定的是，绝不可把经验作为根据，来辨析这些规律的可能性。如果这些规律都是经验的，没有充分先天地在纯粹而又实践的理性中取得它们的源泉，那么，我们有什么权力让那也许在偶然的条件下只适用于人类的东西，当作对每一个有理性的东西都适用的普遍规范，而不加限制地加以恪守呢？我们有什么权力使那些也许仅仅是在偶然的人类条件下有效的东西受到我们无限制的尊重呢？

对于道德，没有什么比举例说明更拙劣的了。因为，展示出的道德的每一个例证，其本身在事前就需对照道德原则来加以鉴别，看它是否值得充当原始例证，也就是当作榜样并不增加道德概念的分量。就连圣经上的至圣，在我们承认他为至圣之前，也必须和我们道德完满性的理想相比较。关于自己，他这样说道："为什么称人们所看到的我为善？除了你所见不到的上帝之外，任何东西都不是善的，都不是善的原型。"那么，我们从什么地方得到作为至善的上帝的概念呢？只能来自理性所先天制订的道德完满性的理念，并和意志自由概念不可分割地结合在一起。模仿在道德事务中毫无地位，例证只能起鼓舞作用，也就是把规律所规定的东西变成可行的、无可怀疑的。它们把实践规则以一般的方式表示出来的东西变成看得见摸得着的。但我们绝不能以此为借口，抛弃它们在理性中的真正原型，只根据例证行事。

如果没有一条真正的最高原理不是独立于经验，而只以纯粹理性为基础，那么，我认为，要把这些先天建立起来的概念连同其所属原则一起展现在普遍中，展现在抽象中，是不成问题的问题；这样的知识应与普通知识相区别，而称之为哲学知识，是不成问题的问题。在我们的时代，这个问题也许是必要的。因为，倘使人们就这样的问题，即要脱离一切经验的纯粹理性知识，其中包括道德形而上学，还是要普通实践哲学，进行集体表决，那么就很容易猜测出哪一方会占优势。

如果能事先提高纯粹理性原则，并令人充分满意，然后再下降到常人的概念，这当然是值得称许的。也就是说，首先要把道德哲学放在形而上学的基础之上，等它被建立起来之后，再通过大众化把它普及开来。而在这与基本原则的准确性密切相关的研究初步阶段，就向大众化让步，这是完全不可思议的。这样的做法期望得到真正哲学大众化的、极为难得的好处，未免过于荒谬。因为要让人们彻底放弃自己的见解，那就不会有任何形式为大众普遍理解，同时还会产生一种由混乱的观察和不成熟原则合成的、令人讨厌的混合物。这种混合物符合头脑浅薄的人的胃口，因为它可成为日常闲谈的资料；头脑深刻一点的人，对此却感到惶惑，感到毫无收获，然后弃之而去；至于那些看穿了这些谬论的哲学家，为了去取得正确大众化所必要的、深入确定的见解，号召暂时摆脱这种冒牌的大众化，却很少有人听从。

如果有人只在大众喜欢的趣味里寻找道德，那么在这里他见到的将一会儿是人性的特殊规定（其中包括理性本性自身的观念），一会儿是道德完善性，一会儿又是幸福，在这里是道德情感，在那里是对上帝的畏惧，把这样一点儿、那样一点儿混在一起，成为不可思议的混合体。他从来也想不到自问，在我们只能得之于经验的对人性的认识中，是否到处都能找到道德原则；如果情况并非如此，如果这些原则完全是先天的，与经验无关，只能在纯粹理性中找到，而在其他地方中找不到半点，那么，是否应当把这种学问作为一种纯粹实践哲学，或者用人家的贬义之词，道德形而上学①，完全区别开来，让它独立地使自身得到充分了解，并规劝那些渴望大众化的公众，等候这项工作的完成。

这样一种全然独立的道德形而上学，与任何的神学、任何的物理学或超物理学都没有共同点，与那些被人们称为下物理学、潜在性质鲜有共同点。它不仅是相关责任的所有理论上合理而明确的知识的一个不可或缺的根基，同时也是道德形而上学原则真正付诸实施的最重要的急需品。这种纯粹的、去除了出自经验外来要求的责任观念，一般地说，也就是道德规律的观念。总而言之，仅通过理性的途径，对人心产生了比人们从经验所得到的全部其他动机都要强有力的影响②，而理性正是在这里才第一次察觉到，它自己本身也是实践的。纯粹的责任观念在对自身尊严的意识中轻视那些来自经验的动机，并逐渐成为它们的主宰。相反，一种混杂的道德学说，一种把出于情感和爱好的动机与理性概念拼凑在一起的学说，则一定使心意在两种全无原则可言的动因之间摇摆，只是偶尔会导向善，

---

① 正如纯粹数学与应用数学相区别，纯粹逻辑与应用逻辑相区别，因此，如果愿意的话，人们也可以把道德的纯粹哲学（形而上学）与道德的应用哲学，也就是应用于人性的哲学区别开来。通过这种指明，人们就立刻意识到，道德原则不以人性所固有的特点为基础，而是自身先天常住的。因而，一切有理性东西的，其中包括人的实践规则，都来自这些原则。

② 我有一封来自已故的卓越的苏尔采的信，在信中他问我，为什么那些关于德性的说教在理性听起来头头是道，却几乎没有起到什么作用。因为我想把问题研究得更充分些，而推迟了答复。这道理不在别处，而在于教导者本人就没有把这些概念弄清楚，为了加强他们从各方面寻找促使为善的动因，本意是增大药剂的力量，结果却适得其反。通常，一个人认为善良行为，即使在极度窘困、多方引诱的条件上，也应该全不考虑是否能在这个世界上和另一世界上的利得，而以坚定的灵魂去做。果真如此，那么它就比同样的、只是多少受着不纯动机影响的行为高出许多，并使后者黯然失色。因为纯洁的行为可以提高人的心灵，鼓励人意愿去做同样的事情。即使少年儿童也会受到感染，用同样的态度而不用相反的态度去对待责任。

却常常趋于恶。

由此可见，第一，全部道德概念都先天地处于理性之中，并且源于理性，在最普遍的理性中如此，在最高度思辨的理性中也是如此。第二，它们绝不是经验的，更不是从偶然的经验知识中抽象出来的。第三，它们作为我们的最高实践原则，在来源上具有纯粹性，配得上充当我们至高的实践原则。第四，如果有人在其中掺杂经验，那么，行为就在同等程度上降低其真正影响力和绝对价值。第五，从纯粹理性中引导出道德概念和规律，并加以清晰的表述，以至规定整个实践的或者纯粹理性知识的范围，也就是划定整个纯粹实践理性能力的范围，不仅是单纯思辨上的需要，同时在实践上也是非常重要的。这样做的时候，我们不必使这些原则依赖人类理性的某种特殊本性，虽然这样是被思辨哲学所允许的，有时甚至必须这样，但是我们也应该从一般的有理性东西的普遍概念中导引出道德规律来，因为道德规律对每一个理性存在者都应当同样有效。

因而，在应用于人的时候，道德虽然需要人类学，然而，作为纯粹哲学，作为形而上学，首先要离开人类学来充分说明（在这样完全不相同的知识部门里区别对待并不困难）。请记住，倘若对道德形而上学不甚了解，那么我敢说，不但在以思辨地评价一切合乎责任的道德因素是徒劳的，就是在单纯的普通实践使用中，首先是在道德教育中，也不可能把真正原则作为道德的基础，以便提高道德情操的纯洁性，引起人们对世界上最高的善的关注。

然而，在这一研究中，不仅是为了从普通的、在这里很值得重视的道德评价扩展到哲学的评价，而是从那种只能在例证中摸索前行的大众哲学，通过各个自然阶段，扩展到不再受经验局限，而贯穿于本学科理性知识的整个内涵，径直达到不受制于例证的形而上学，我们必须依次探讨理性的实践能力，从它普遍规定的规则，到责任概念的来源，都加以详尽的描述。

在自然界中，每一个事物都是依据规律发生作用的。唯独有理性的东西有能力按照对规律的观念，也就是依照原则而行动，或者说，具有意志。既然理性为出自于规律的行动所必需，那么意志也就是实践理性。如果理性规定了全部的意志，那么，有理性东西会被视为客观必然的行为，同时也就是主观必然的。换言之，意志是这样的一种能力，它只选择那种理性在不受偏好影响的条件下认为实践上是必然的东西，也就是善的东西。如果理性不能充分地规定意志，如果意志还为主观条件、为与客观不相一致的某些动机所左右，总之，如果意志并不完全与理性一致，像在人身上所表现的那样，那么，这些被认为是客观必然的行动，就是主观偶然的了。对客观规律而言，这样的意志的规定就是必要性。也就是说，客观规律对一个尚不是彻底善良的意志的关系，被看作是一个有理性的东西的意志、被一些理性的原则所规定，而这意志依照它的本性，并没有必要顺从这些原则。

一个客观原则的概念，就其对意志具有强制性而言，称为理性命令，对命令的形式表述称为命令式。

一切命令式都用"应该"这个词来表示，它表明了理性客观规律与意志的关系。就主观状况来说，这种关系不必由意志决定，因为这是一种义务。人们常说，做这件事好，做那件事不好，但听这话的意志，不会因为看起来是做了一件善事就会去做。实际上善是由理性观念决定意志，并不是出于主观原因，而是出于客观原因，即对所有理性存在者都同样有效的依据。它与乐意不同，乐意是由于只为这个人或那个人在感觉上接受的主观原因，通过感觉影响意志，而不是作为理性原则，而为所有人所接受①。

一个完全的善良意志，同样服从善的客观规律，但不能由此得出推论，认为它受制于这些规律而依照它们去行动。因为就其主观状况来说，它自身就是为善的观念所决定的。因此命令式并不适用于上帝的意志，一般来说，不适用于神圣的意志。在这里，"应该"没有存身之地，因为意志自身必然地和规律相一致。因此，命令式只是表达意志客观规律，和这个或那个有理性东西的、不完全的意志，例如人的意志关系的一般公式。

所有命令式，或者是假言的，或者是定言的。假言命令把一个可能行为的实践必然性视为实现之人想要的，至少是可能想要的另一目的的手段。定言命令、绝对命令则把行为本身视为自为地客观必然的，与另外的目的没有关系。

既然任何实践规律都把可能行为看作是善良的，那么对一个可以被理性实践地决定的主体而言，就是必然的。因此，全部的命令式，都是必然地按照某种善良意志规律来规定行为的公式。那种只是作为达到另外目的的手段而成为善良的行为，这种命令是假言的。如果行为自身就被视为是善良的，并且因此在自身就合乎于理性的意志之中，作为它的原则，这种命令是定言的。

命令式说明什么样的行为对我是善的，并且提出与意志相关的

---

① 欲望对感觉的依赖叫作爱好，而偏好总是指向一种需要。可偶然决定的意志对理性原则的依赖叫作关切。只有在并不经常与理性相符合的意志身上，才发现关切，在神圣的意志那里，找不到关切的影踪。人的意志也可对某种事物表示关切，并不出于关切而行动。前者是对行为的，是主动关切，后者是对行为对象的，是被动关切。主动关切表明意志对理性原则的依赖，被动关切则是意志因为爱好的关系，对这些原则的依赖，也就是说，理性只提供如何满足爱好需要的规律。在前一种情况下，我所表示关切的是行动；在第二种情况下，我所表示关切的是使我喜欢的行动对象；在第一章里，我们已然了解到，一个出于责任的行为，与对象的关切无关，它仅仅着眼于行为本身和它的理性原则，着眼于它的规律。

实践规则，但意志并不因为行为是善良的就直接去行动。这一方面是因为主体并不总是了解行为的善良；另一方面是因为，即使了解，主观的准则也可能和实践的客观原则相抵触。

假言命令表明，或是从一定的可能角度，或是从一定的现实角度来看，这种行为是善良的。在前一种情况下，它是或然性的实践原则；在后一种情况下，它是实然性的实践原则。定言命令宣称行为自为是客观必然的，既不考虑任何意图也不考虑其他目的，所以被当作一种必然的实践原则。

人们能够把因某个有理性东西的力量而成为可能的东西，视为某一意志的可能意图，因此，那被认为实现有关意图不可缺少的行为原则，在事实上，就是无限多的。所有科学都有实践部分，它的任务是指出我们能实现什么样的目的，以及如何去实现这一目的。这些为达到某种目的而出的指示，一般被称为技艺性命令。至于目的是否合理、是否有益，这里并不涉及，而只是为了达到目的，人们必须这样做。一个医生为彻底治愈病人做出的决定，和一个放毒者为了确信把人毒死做出的决定，就它们都是服务于意图的实现而言，具有同等的价值。由于一个人在少年时代，不知道在生活中会遇到什么样的目的，所以做父母的，事先就想方设法让他们的孩子学习各式各样的事情，希望孩子们学会使用达到全部随便什么目的工具的技艺。因为他们没法确定，这目的是否会成为孩子的实际意图，在这时候，他所具有的意图就是或然的。这种忧虑如此强烈，一般他们都会忽略对所选为目的的事物的价值加以判断以及怎样校正这一判断。

不过，有一个目的可能是为所有理性存在者作为命令的独立对象所共有的实际前提，它不仅是一个或然具有意图，而且是他们的确定的前提，根据自然的必然性所具有的完整意图，这就是对幸福的意图。如果把行为的实践必然性当作是实现幸福前景的工具，这样的假言命令就是实然的。不应该把这样的命令式看作是不可靠的或只是或然意图的必然性，因为这个意图是每一个人所先天具有的前提，属于人的本质。选择实现自己最大福利的手段的技能，被狭义地称之为机智。因此，有关自己幸福工具的选择，是命令式，是机智指示，依旧是假设的。行动不是接受命令，而是作为实现另外目的的工具、手段。

最后，还有一种命令式，它直接命令人的作为，而无须一个另外的、通过某种作为而实现的意图为条件。这种命令式就是定言命令。它涉及的是行为的形式和行为所遵循的原则，而与行为的质料以及由此而来的效果无关。在行为中，本质的善在于信念。至于后果怎样，则听其自便。只有这样的命令式才可以称作道德命令。

以这三类原则为根据的意愿，可按照对意志强制性的不同，加以明确地划分。为了使这种划分更清晰，我想最合适不过的是依次这样加以称呼。它们或者是技艺规则，或者是机智规劝，或者是道德戒律（规律）。只有规律才包含着无条件必然性的概念，客观的、普遍适用的、必然性的概念，戒律就是必须遵守的规律，即使和意愿相背驰，也必须执行。规劝所包含的必然性却只是在主观、偶然的条件下，在某个人把某件事认作是自己的幸福时，才起作用。相反，定言命令不受任何条件的限制，是绝对的而又具有实践的必然性，只有它才是名副其实的戒条。人们也可以把第一类命令式称为技术的，属于工艺的命令；把第二类称为实用的，属于福利的命令；把第三类称为德行的，属于自由作为，属于道德的命令。

现在产生了这样一个问题：所有这些命令式是如何成为可能的？这个问题并不要求我们知道命令所规定的行为是如何完成的，而要求知道理解命令在所提任务中表现出的意志强制性。一个技术命令如何成为可能无须解释，谁想要达到一个目的，倘若理性对行为有决定性的影响，在其力量可及的范围内，它就同样要求有实现目的所不可缺的手段。从意愿的角度来看，这种命题是分析的。因为，愿望所达到的目标就是把它当作自己的后果，这已经是把自己作为行动的原因了，也就是把自己当作工具的使用者了。命令式从这个对目的意愿的概念中引申出达到这一目的必要行动的概念来。要为一个既定意图去规定工具或手段固然需要综合命题，但它所涉及的不是根据意志的活动，而是目标的现实。比如，为了按照一个确实可靠的原则，把一条直线一分为二，我就必须从直线两端作两个圆弧，数学家是用综合命题来讲授这一原则的。然而，当我知道了只有通过这样的办法才能产生预期的结果，我又期望这一结果圆满实现，那么我就想要有对此所必需的行动，这是一个分析命题。所以，设想某物是某种手段可能的结果，和设想我自己是以此方式来行动，完全是一回事。

机智命令，如果只是简单地给幸福一个明确的概念，那么，就要和技术命令完全一样是分析的。因为在这两种情况下，都是谁想要依照理性的必然要求，在力所能及的范围内实现目的，他也就想要拥有为达此目的不可缺少的手段。不幸的是，幸福的概念如此不确定，虽然每个人都希望得到幸福，但他从来不能确定，并且前后一致地对自己说，他所想要的到底是什么。这种情况出现的原因在于：幸福概念的所有成分都是经验的，它们必须来自于经验。同时，只有我们现在和将来幸福状况的绝对全体与最高程度才能构成幸福概念。因此，就是一个洞察一切、无所不能然而有限的东西，也不能从自己目前的愿望中形成一个确定的概念。他想要财富吗？这将给他带来多少烦恼、忌妒和阴谋啊！他想要学识和洞察力吗？这可能只是使眼光更加敏锐，以致那些直到如今还没看见却无法避免的罪恶引起更大的恐惧，并且把更多的要求加到本已使他备受折磨的欲望之上。他想长寿吗？谁能向他保证这不是长期的痛苦呢？也许健康总是无害的吧？然而，虚弱的身体却可以避免一个完全健康的人所易于陷入的放纵。这样的例子还可以举出很多。一言以蔽之，他不可能找到一个使他真正幸福的、万无一失的原则。因为只有无所不知的人才能做到这一点。行为并没有一个获取幸福的确定原则，它只能听取经验的忠告，例如生活要严肃、节俭，待人要礼貌、自制等，它们教导经验要生活如意，在大多数情况下是必要的。这样看来，从严格的意义上来说，机智命令并不限定什么，并不把行为看作是客观的，实践上是必然的。它们理应被当作理性的忠告而非理性的命令，完全不可能一劳永逸地规定什么样的行为是有理性的东西得到幸福所普遍必需的。因此，严格地说，机智命令不可能命令我们去做使我们幸福的事情，因为幸福并不是一个理性的观念，而是想象的产物，它只以经验为根据，人们不能够期待经验的根据会规定一个行为，因为这需要一个实际上是无限的因果系列的全体。不过，人们如果承认，他实现幸福的手段是万无一失的，那么，这种机智命令也就是分析的实践命题了；它与技术命令的区别只在于后者的目的只是可能的，而前者的目的则是被给予的，两者都是给人们指定的手段，以便实现预定的目的；在这两种情况下，命令都是为想达到目的的人指明他愿意采取的手段，从而是分析的。因此，对于一个这样的命令式来说，其可能性也就不难理解。

相反地，道德命令如何成为可能，就毫无疑问是唯一需要回答的问题，它绝不是假言的，因此，也不像假言命令那样，它客观含有的必然性以任何的前提为基础。必须时刻留意，不要通过例证，即通过经验证明在什么地方有这样一种命令式；但须小心提防，那全部看起来是定言的命令式实质上很可能是假言的。比如：你不应言而无信，人们把避免这种情况的必然性，不仅是只看作避免其他罪恶而提出的劝导或忠告，不应看作是这样的意思：你不应做虚假的承诺，以免在谎言被揭穿以后失去信用，而必须把这种行为本身看作就是坏事。如此戒律的命令是定言的。但是，人们并不能确切无误地通过例证证明，在这里，意志只是被规律所决定的，而没有任何其他诱因，虽然表面上看来是这样。因为对羞辱的暗中惧怕，或许对其他危险的莫名不安，可能经常会对意志产生影响。当没有只不过意味着我们还不知道的时候，谁又能够通过经验证明这个原因的不存在呢？在这种情形下，表面上看来是定言的无条件的所谓道德命令，实际上不过是一种实用的规范，它依我们的方便有利而制定，并要求尊重。

因此，对定言命令的可能性，我们要优先对其加以研究。由于在这里，我们不便在经验中寻找它的现实性，所以仅限于说明这种可能性，而不能证实这种可能性。与此同时，我们至少可以明白这样一点，那就是只有定言命令才能算作实践规律。因为，那种仅对达到某种预定的意图是必然的东西，皆可被认为在其自身就是偶然的，任何时候只要我们放弃这意图，这样的规范对我们就无效了。意志无条件的戒律则完全相反，它是没有任意选择的自由的，它自身就具有我们要求于规律的那种必然性。

其次，在这种定言命题或定言规律的情形中，寻求其根据、发掘出它的可能性，是非常困难的。它是一个先验综合命题①，在理论

---

① 我不以任何爱好的条件的前提，先验地、必然地，不过是客观地，也就是在一个对一切主观动因具有充分威力的理性观念之下，联系起活动和意志。同时这也是一个实践命题，这个命题不是把行动的意愿分析地从另一个预设的意志引导出来，因为我们没有一个这样完满的意志；而是把这意愿直接地与一个理性存在者的意志的概念，作为在它之内没有包括的东西，联系起来。

认识中，寻求这种命题的可能性已经有许多困难，所以，容易推知，在实践领域里也不会少。

要解决这一问题，我们首先要研究，单只一个定言命令的概念，是否不能向我们提供一种公式，其中包括唯一能成为定言命令的命题。因为即使我们知道了这种绝对戒条的主要内容，但是它如何可能的问题还要我们在下一章以很大的精力来解决。

一般说来，在设想假言命令时，除非我已经明白它的条件，否则我事前并不知道它包含什么内容。不过，在我设想一个定言命令的时候，我立刻就知道它的内容是什么。因为命令式除了规律以外，还必然包含着与规律相符合的准则①。然而，规律中并不包括限制自己的条件，所以，除了行为准则应该符合规律的普遍性之外便一无所有，而只有这样的符合性，才使命令式自身成为必然。

因此，只有一条定言命令，那就是：要根据你认为能成为普遍规律的准则去行动。

如今，倘若能够把这条命令作为原则，而推导出其他一切命令式来，那么，尽管我们还弄不清楚，那被认为责任的东西是否是一个空洞的概念，但我们至少能够证明在这里我们所想的是什么，这一概念说明的是什么。

由于规定后果的规律普遍性，在最一般的意义上，就形式来说，构成了称之为自然的东西，也就是事物的存在，而这存在又为普遍规律所规定，因此，责任的普遍命令，也可以这样描绘：你的行动，应该把行为准则通过你的意志变成普遍的自然规律。

———————————

① 准则是行为的主观原则，必须与客观原则，也就是实践规律相区别。准则包括被更改规定为与主观条件相符合的实践规则，而更经常的是与主观的无知和爱好相一致，从而是主观行为所依从的基本命题。规律则是对一切有理性东西都适合的客观原则，它是行为所应该遵循的基本命题，也就是一个命令式。

现在我们应该列举出几种责任，采用通常的分法，分为对我们自己与对他人的责任，完全的责任与不完全的责任①。

（1）一个人由于经历了一系列厄运而感到心灰意冷、厌倦生活，如果他仍然拥有理性，能问问自己，结束自己的生命是否与他的责任相违背，那么就请他考虑这样一个问题：他的行为准则是否能够变成一条普遍的自然规律。他的行为准则是：当生命期限的延长只会带来更多的不幸而不是更多的满足时，我就把缩短生命作为对我最有利的原则。那么可以再问：这条自利原则，是否可能成为普遍的自然规律呢？人们很快就可以看到，以通过情感推动生命的改善为独特职责的自然竟然把毁灭生命作为自己的规律，这是自相矛盾的，从而也就不能作为自然而存在。这样看来，这样的准则不可能成为普遍的自然规律，并且和责任的最高原则完全矛盾。

（2）另一个人在困境中觉得需要借钱，他很清楚自己无力偿还，但事情却明摆着，假如他不明确地承诺在一定期限内偿还，他就借不到分文。他乐于做这样的承诺，但还良知未泯，尚能扪心自问。用这种手段来使自己摆脱困境，不是太不合情理、太不负责任了吗？假定他还是决定这么做，那么他的行为准则就会是这样的：当我需要金钱的时候我就去借钱，并承诺如期偿还，尽管我知道自己永远无力偿还。这样一条利己的原则，将来也许永远都会占便宜，现在的问题只是这样做是否恰当？我要把这样的利己打算变成一条普遍规律，问题就可以这样提出：如果把我的准则变成一条普遍原则，

① 应该指出，我们必须把责任的分类留待将来的《道德形而上学》。在这里，仅为了编排我们的例证，以便引用，除此之外，根据我的理解，完全的责任不允许有利于爱好的例外，同时我认为不仅有外在的完全责任，还有内在的完全责任。这种理解是和经院中对这个词的理解背道而驰的，但在这里我无意为自己辩护，因为不论人们能不能接受我的意见，都并不妨碍我的意图。

事情会怎么样呢？从这里我们可以看到，这一准则永远也不会被当成普遍的自然规律，而不必陷于自相矛盾。因为假如一个人认为自己在困难的时候，可以把随便承诺不负责任的"空头支票"变成一条普遍规律，那就会使人们所有的谎言和保证成为不可能，不会有人再相信他人所做的保证，并把所有这样的承诺看成欺人之谈而作为笑柄。

（3）第三个人有才能，在受到文化培养之后会在多方面成为有用之人。然而他宁愿无所事事也不愿下功夫去施展和增加自己的才干。他可以问问自己，他这种忽视自己天赋的行为，除了和他享乐的准则一致以外，能和人们称之为责任的东西相统一吗？人们可以像南海上的居民那样，只是过空闲、享乐、繁衍生息的日子，一句话，过行乐的生活，而让自己的才能白白地浪费。不过，他们总不会愿意让它变成一条普遍的自然规律，因为作为一个理性存在者，他必然希望自己可以从各个不同的方面施展自己的才能。

（4）第四个人事事如意，当他目睹别人在困境中苦苦挣扎，而自己对之能有所帮助时，却想到：这跟我有什么关系呢？让每个人都听天由命，自己管自己好了。我对谁都没有奢望，也不羡慕谁，他过得好也罢，处境困难也罢，我都没有心思去过问！如果这样的思想方式变为普遍的自然规律，人类当然可以存在下去，并且毫无疑义地胜似在那里空谈同情与善意，遇到机会也会显现一些热心，但反过来却在哄骗别人、出卖别人，或者用其他办法侵犯别人的权益。这样一种准则，虽然可以作为普遍的自然规律持续下去，却没有人愿意把这样一条准则当成普遍有效的自然规律。做出这样的决定的意志，将要走向自己的反面。因为在很多情况下，一个人需要别人的爱和同情，有了这样一条出自他自己意志的自然规律，那么，他就完全无望得到他所渴望的这些东西了。

　　这就是一些实际责任的例子,至少我们认为这是实际责任。它的分类很清晰,是依据同一个原则来进行的。人们必定愿意我们的行为准则能够变成普遍规律,一般来说,这是对行为进行道德评价的标准。有些行为,如果陷于矛盾,人们就不能把它的准则当作普遍的规律,更不会希望它如此。在另外的一些行为中,虽然找不到这种内在的不可能性,但仍然不愿意把它的准则提升到普遍的规律,因为这种意愿与它自身相矛盾。很容易看出,前一种与严格的或是狭义的责任相冲突,后一种与广义的责任相冲突。通过这些例子,显而易见,全部责任在约束力的类型上依从同一个原则,而不是在行为的对象上依从同一个原则。

　　如果我们在违背责任的要求时反省自察,就会发现,实际上,我们并不愿意让自己的准则成为一条普遍的规律,在我们看来也不能成为一条普遍的规律。我们只是认为自己有这种自由,为了自己,为了便于爱好的满足,只有这一次,下不为例。因此,如果我们从同一个立场、从理性的立场来周密地考量一切,就会发现我们的意志里就存在着矛盾。某一原则作为规律在客观上是必然的,然而在主观上却又不把它当作普遍的,而允许有例外的情况存在。于是我们一方面完全从理性的角度来考察自己的行为,另一方面又从受爱好影响的意志的角度来考察同一行为。因此,这里实际上并没有什么矛盾,而是爱好与理性规范的对抗。原则的普遍性被看作普遍有效性,理性的实践原则与准则狭路相逢。虽然这种观点无法用我们自己公正的判断加以证明,却足以表明我们实际上承认了定言命令的普遍有效性。只是在尊重定言命令的前提下,我们在不得已的时候,才允许自己有一些例外。

　　至此,我们至少已经阐明了这样一种观点:如果责任是一个概念,具有内容,并且对我们实际上的行为起着立法作用,那么,这种作用就只能以定言命令来表达，而不能用假言命令来表达。更重要的是，我们已经清楚地阐明了包含着所有责任原则的定言命令的内容。然而，我们还没来得及先验地证明：这样的命令式确实存在，有一种完全自为地起着作用而不受任何动机影响的实践规律，并且，责任服从于此规律。

为了证明上述种种，最重要的事情就是记住，千万不要从人的本性的个别性质出发推断出这个原则的真实性。因为，责任应该是一切行为实践的必然性。因此，它适用于所有理性存在者，定言命令只能应用于他们，正是由于这种原因，它才成为对一切人类意志都有效的规律。相反，从人性特别的自然素质，从某种情感和癖好，如果可能，甚至从一种特殊的只为人类理性所固有的而所有理性存在者的意志并不必须发挥作用的倾向并不能推衍出规律，只能推衍出为我们所用的准则来，只能引申出为癖好和爱好所需要的行为的主观原则。然而它却引申不出，即使和我们全部癖性、爱好、自然素质相反，我们却赖以行动的客观原则。因为，责任的诚命越是严厉，内在尊严越是崇高，主观原则发挥的作用就越小，尽管我们用力地反对它，但责任戒命规律性的约束并不因之减弱，它的有效性也不会因此打折扣。

显然，哲学在这里遭遇了危机，它需要一个固定的基础，尽管天地间没有什么东西支撑它。在这里，它应该显示它是自己规律的真正主宰者，而不是一个代理人的证明，代理人只会说一些无关痛痒的闲话。固然代理人也聊胜于无，但它究竟不能颁定那些理性的基本原理，这些原理当然是先天的，并且具有至高的尊严。人的一切都来自规律不容置疑的权威，来自对规律的无条件尊重，没有任何东西是来自人的爱好，否则，就是践踏人，让他轻视自己，让他心怀憎恶。

　　这样看来，所有经验的东西作为附属品不但对道德原则没什么价值，反而有损它的纯粹性。真正善良意志所固有的、不可估量的价值，在于它的行为原则不受所有只由经验提供的偶然根据的影响。我们不得不经常提醒人们，警惕粗心大意，以至于警惕想在经验的动机中寻找行为原则的粗鄙方式。因为人的理性在困乏之时乐意睡在鸭绒枕上，沉醉于梦幻中，把一朵彩云当作女神去拥抱，使得人们看起来像道德，但曾经见过德性的真形的人就可以看出来，它根本不像德性。

　　于是，这里提出了这样的问题：人们的行为在任何时候都应该根据他们自己的意愿当作普遍规律看待的那些准则进行评价，这条规律对所有理性存在者都是必然的吗？如果有这样一条规律，它必定完全先验地和一个理性存在者的意志的概念结合在一起。但是，要想发现这种联系，人们却必须摸索着向前再进一步，也就是进入形而上学，进入一个和思辨哲学互不相同的领域，进入道德形而上学的领域。在实践哲学中，我们并不寻找某事某物发生的根据，而是寻求某事某物应该发生的规律，这种事也许一次都不会发生。我们所探求的是客观规律，而不去探求某一事物是否合意的缘由，不去区别满足是感觉的还是情趣的，不区别情趣满足和理性的普遍满意，不去探求快乐和痛苦的基础是什么，不去问为什么欲望和爱好由此产生，并且在理性的帮助下制定了各种准则。因为所有问题都属于经验心理学，它构成了物理学的第二个部分，它的规律以经验为基础，人们视它为自然哲学。我们这里讨论的是实践的客观规律，也就是意志与自身的关系问题，它自身单纯为理性所规定，一切与经验有关的东西都被排斥在自身之外。因为如果仅是理性自身规定行为，我们正要研究其可能性，并且只能先验地做这件事情。

　　意志被认为是一种按照对一定规律的表象自身规定行为的能力，

只有在理性存在者身上才能够发现这种能力。假定目的就是意志自身规定的客观根据，那么，如果这一目的只是由理性指定，它一定也适合于所有理性存在者。相反地，那种只包含行动可能性依据的东西，就是手段，这种行动的结果才是目的。欲望的主观根据就是冲动，而意志的客观根据就是动机。因此，每个有理性的东西都要分清，哪个是来自冲动的主观目的，哪个是出于动机的客观目的。在抛却所有主观目的时，实践原则是形式的；当它以主观目的，从而以某种冲动为基础时，就是物质的。那些被理性存在者随意选为行动结果的目的、物质目的，都是相对的。因为只有与主体的某一特殊欲望相联系，它们才会获得价值，所以这种价值不能向所有理性存在者，也不能向每一意志提供普遍的、必然的原则，不能提供实践规律。这些相对目的仅仅是假言命令的根据。

如果有一种东西的存在具有绝对的价值，其自身就可作为目的，它能自在地成为一些确定的规律的基础。在这种东西身上，也只有在这种东西身上，才能找到定言命令的根据，即实践规律的基础。

我认为，人，一般来说，每个理性存在者，都自在地作为目的而存在着，他不单纯是这个或那个意志随意使用的工具。在他的所有行为中，不论对于他自己还是对其他理性存在者，任何时候都必须被当作目的。所有爱好对象所具有的价值都是有条件的，爱好和以此为基础的需要一旦不存在，他的对象也没什么价值了。爱好自身作为需要的源泉，不能因它自身被期望而具有绝对价值，而每个理性存在者倒是期望彻底摆脱它的影响。因此，所有为我们行动所获得的对象，其价值在任何时候都是有条件的。那些其实从不以我们的意志为依据，而以自然的意志为依据的存在者，如果它们并非理性存在者，就被称为"物"。相反地，理性的存在者，叫作"人"，因为他们的本性显示自身自在地就是目的，是种不可被当作手段使用的东西，从而限制了所有随意的选择，并且是一个受尊重的对象。所以，它们不仅仅是主观目的，作为我们行为的结果而存在，只是为我们的价值；而是客观目的，其存在本身就是目的，是种任何其他目的都不可替代的目的，所有其他东西都作为手段为它服务，除此以外，在任何地方都不会找到有绝对价值的东西。假如所有价值都是有条件的、偶然的，那么理性就在任何地方都难觅最高的实践原则的影迹了。

如果有这样一条最高实践原则，如果对人的意志应该有一种定言命令，那么这样的原则一定形成于对任何人都是某种目的的表象，由于它是自在的目的，所以构成了人们意志的客观原则，成为一个普遍的实践规律。这种原则的根据就是：理性的本性本身作为自在目的而存在。人们必然相信自己也是这样的存在，所以它也是人们行为的主观原则。其他每一个理性存在者，也和我一样，依照同一规律表明自己的存在；因此，它同时也是一条客观原则，作为最高的实践根据，从这里必定可以推导出意志的所有规律。于是得出了下面的实践命令：你的行动，要把你自己人身中的人性与其他人身中的人性始终都同样看作是目的，永远不能仅仅看作是手段。现在让我们看看这一原则能否行得通。

这里还是用前面的例子。

第一，一个人对自己必然承担责任。打算自杀的人可以问问自己，他的行为是否和把人看作自在的目的这一观念相一致。如果为了逃避困境而伤害自己，那么他就是把自己的人身当作工具，用来维持一个尚可的境况直至生命的终结。但是，人并不是物，不是一个仅仅作为工具使用的东西，必须始终在他的所有行动中，把他当作自在目的看待，因而我无权处置代表我人身的人，残害他、摧残他、毁灭他。为了避免误解，在具体讨论道德问题的时候，我们还要进一步界定这一基本命题，比如，截肢以保全自己、冒着生命危险去保全自己等，在这里就不多说了。

第二，至于对他人的必然责任或必有的责任，一个人在打算对别人作不兑现的诺言时就看得出来，他仅仅是把别人当作自己的工具，而不同时把他当作自在目的。通过这样的谎言，被用之于我的意图的那个人，不可能赞同我对待他的行为方式，从而他自己也不可能忍受这一行为的目的。如果我引用侵犯他人自由和财产的行为作为例子，很明显，这种做法是破坏他人的原则。因为十分明显，别有用心地侵犯别人的权利，只是把别人的人格看作为我所用的工具，而绝不会想到，别人作为理性存在者，任何时候都应被当作目的，不会对他人行为中所包含的目的同样尊重。

第三，至于对自己的偶然责任，或者说可嘉的责任，行为只是和在人身中作为自在目的的人性不相抵触还不够，我们的行为还必须与它保持一致。如今，人性之中有获得更大完善的能力，这种完善也就是在我们主体之中的人之本性的目的，如果对这种目的视而不见，倒也并不妨碍把人性作为目的而保存，但不能促进实现这一目的。

第四，至于对他人可赞许的责任，所有人全部的自然目的就是他自己的幸福，虽然除非有意地从这里有所得，否则就不会有人对他人幸福做有益之事。然而，与自在目的的人性相一致，在这里仍然是消极的，而不是积极的。如果人们不尽其所能，促使他人实现所可能有的目的，倘若这种看法对我充分发挥作用，那么，自在目的的主体的目的，一定会尽可能地也成为我的目的。

人性，一般来说，作为每个人行为最高界限的理性本性，是自在目的这一原则，不是从经验取得的。首先，由于它的普遍性，它应用于所有理性存在者，这一点是经验不能做到的。其次，由于人性并不被主观地当作人实际目的的对象，而是当作规律而成为所在主观目的的最高条件，被当作客观目的，因此它只能来自纯粹理性。所有实践立法都客观地以规则和法规为基础，它的普遍形式，使它能够根据第一项原则成为规律，甚至可以说是自然规律，并主观地以目的为根据。依据第二项原则，所有目的的主体都是人。由这里，进而推导出实践意志的第三项原则：作为自己和全部普遍实践理性相协调的最高条件，每个有理性东西的意志的观念都是普遍立法意志的观念。

按照这项原则，所有与意志自身普遍立法不一致的准则都要被摒弃，因此，意志并不去简单地依从规律或法律，他之所以依从，由于他本身也是个立法者，正由于这规律，法律就是他自己制定的，所以他才必须依从。

前文提及的那些命令式，也就是行为如同自然秩序那样与规律相一致，或者理性存在者以其自身的普遍优先权从自己命令式的决断中排除全部的关切，以免其成为动机，它们正是为此而成为定言的。然而，它们只是被当作是定言的，假如人们想表现责任观念，就不能不把它们当作是定言的。我们不可能自为地证明无条件地命令着的实践命题的存在，通常来说，在这一章中这种可能性更小。不过有一件事情可以做，那就是，在命令式自身中，通过它所包含的规定来表明，在愿意时从责任中清除所有关切，这一点是定言命令区别于假言命令所特有的标志。现在，这一任务在原则的第三个公式中完成了，也就是说，是在每一个理性存在者的意志都是普遍立法的意志的观念中完成了。

当我们提及这样的意志时，尽管有的意志仍然由于对某种规律的关切而服从这一规律，但是自身作为最高立法者的意志，却不可能依赖于任何关切，因为像这样没有独立性的意志自身就需要另一种规律，以便把利己的关切限制在与普遍规律相适合的条件之下。

人的意志，作为通过它的全部准则而普遍立法的意志，它的原则的合理性可以就定言命令而做进一步的证明。普遍立法者的观念不以任何利益关切为基础，在一切可能的命令式中只有它才是无条件的。如果我们把这一命题倒过来，或许会更好些。如果有一种定言命令，存在一种对所有理性存在者都有效力的规律，它只能这样下命令：要把来自意志准则的全部，都视为是一个自身普遍立法的意志所制作的，因为只有如此，实践规律和意志所遵从的命令才是无条件的、不以任何兴趣为根据的。

如果我们现在回顾在寻找道德原则上所做的所有工作，看到它们全部遭受失败不会有意外之感。人们看到人通过责任被规律所约束，但他们没有考虑到他所遵从的只是他自身所制订的普遍的规律，没有想到他之所以受约束，只是由于不得不根据其自然目的就是普遍立法的、他自身所固有的意志而行动。当人们认为某人遵从某种规律的时候，必定产生一种关切或兴趣作为刺激或促进，因为这种规律并非产生于他自己的意志，他的意志受另外的某种东西驱使，以某种方式作符合规律的行动。从这一切所作出的必然结论是，为追求责任的最高根据而做的全部努力，都无可挽回地失败了。因为人们从没有承担什么责任，他的行为不过是基于某处关切的必然性罢了。这种关切可能是他自己的，也可能是外来的。无论怎样，命令总是有条件的，而不足以成为道德诫命，因此我把这样的基本命题称为意志的自律原则，而把与此相反的命题称为他律性。

所有理性存在者都把自己的意志普遍立法概念当作立足点，从这样的立场对自身及其行为进行评价，就会产生一个与此相关的、富有成果的概念，即目的王国的概念。在我看来，王国是由一个被普遍规律约束起来的不同的理性存在者的体系。理性规律规定了目的普遍有效性，因此如果把理性东西的个体差别抽象化，同样把他们的私人目的也抽象化，人们将有可能设想出一个在联系中有系统的、有理性东西的目的，也包括每个人所设定的个人目的；将有可能设想出一个，依据前文提及原则可能存在的目的王国。

每一个理性存在者都必须遵从这样的规律，不论是谁，在任何时候都不应该把自己与他人只当作工具，而应该始终看作自身就是目的。由此就产生了一个受普遍客观规律约束的理性存在者的体系，产生了一个王国。无疑这只是一个理想的目的的王国，因为这些规律同样着眼于这些东西相互之间的目的与工具的关系。

每个理性存在者都作为成员而属于目的王国，虽然在这里他是普遍立法者，但他同时自身也服从这些法律、规则。他是这一王国的领袖，在他立法时不服从异己意志。

同时每个理性存在者，始终要把自己看作一个由于意志自由而可能的目的王国中的立法者。他既作为成员而存在，又作为领袖而存在。只有当他独立地摆脱一切需要，并对他的意志有充足的支配力量时，他才能保持其领袖地位。

因此，道德与所有的立法活动的关系密不可分，而只有通过这种活动目的的王国才成为可能。每一个理性存在者都被赋有立法能力，规律或法律只能出自他的意志。他的原则就是：始终都要按照与普遍规律相一致的准则行动，所以只能是他的意志同时通过准则而普遍立法。如果这些准则不能因其本性就与作为普遍立法的有理性的东西的客观原则相一致，那么依据以上原则而行动的必然性，就被称为实践必然性，也就是责任。在目的王国中，责任并不适用于国王，而是适用于每一个成员，其中每一个成员都须承担同等程度的责任。

根据这项原则而行动的实践必然性，即责任，绝不能以情感、冲动与爱好为基础，而只能以理性存在者的相互关系为根据。在这样的关系中，每个理性存在者的意志，总是必须被看作是立法的意志，因为若非如此它就不是自在目的了。因此，把意志的每个准则都当作普遍规律与其他意志结合在一起，同时也与自身的每一行为联系起来。这种联系并不是为了任何实践动机或预期的受益，而是为了理性存在者的尊严观念，这种理性存在者除了自己的立法以外，不遵从任何其他东西。

在目的的王国中，每一样东西或者有价值，或者有尊严。一个有价值的东西能被其他东西替代，这是等价；超越于一切价值之上，没有等价物可替代，才是尊严。

与人们的普遍爱好以及需要相关联的东西，具有市场价值；不以任何需要为前提，而与某种情趣相适应，迎合我们趣味的无目的活动的东西，具有欣赏价值；只有那种构成事物作为自在目的而存在的条件的东西，不但具有相对价值，而且有尊严。

因此，道德就是理性存在者能够作为自在目的而存在的唯一的条件，因为只有通过道德，他才能成为目的王国的立法成员。所以只有道德和与道德相适应的人性，才是有尊严的东西。工作上的技能与勤奋有市场价值，睿智与活跃的想象力富于情趣有欣赏价值；相反地，遵守诺言、坚持原则并非出于本能的宽厚才具有内在价值。自然与人工的东西，并没有这些属性，因而也没有办法替代它们，因为这些属性的价值并不在于那些由此产生的后果，也不在于它们所带来的效益与功用，而在于意向，在于意志的准则。这准则虽然未必会取得应得的结果，但以这样的方式在行为中表现出来，这些行为并不期待来自主观意图的嘉奖，也不以直接造福于人而自诩。它们对此都比较冷漠，无动于衷。他把自己从事这类活动的意志视为直接尊重的对象，只有理性才能把这些行为加之于意志，人们不能诱使意志这样行动。总而言之，这总是与责任不相容。这样的评价表明，这样的思想方式就是尊严，它无限地凌驾于所有价值之上，这价值若妄想与它相比较，难免会侵犯它的圣洁。

那么，有什么依据对道德的善良意向或德性作如此高的评价呢？原因无非是它给了有理性的东西普遍立法参与权，正是拥有了这种参与权，他才有资格成为可能的目的王国的一个成员。作为自在目的，理性存在者的本性就规定它为目的的王国的立法者。对所有自然规律而言，它都是自由的，它只服从自己所制定的规律、准则，正是根据这些规律，才成为它自身也遵从的普遍的立法。除了规律或法律所规定的价值，它没有其他任何价值。只有立法自身才拥有尊严，拥有无条件的、不可比拟的价值，只有它才配得上有理性东西在称颂它时所用的"尊重"这个词。所以自律性是人的本性以及每一个理性存在者的本性的尊严的基础。

总之，前文所列举的观察道德原则的三种方式，是同一规律的不同公式，其中第一个又包含着其他两者。它们之间虽然有区别，不过与其说这种区别是客观实践的，不如说是主观的，其目的在于通过某种类比使观念与直观相接近，因此与情感相接近。所有的准则都具有：

1. 一种形式，存在于普遍性之中，道德命令的公式，在这方面，就成为这样的：所选择的准则应该是具有普遍自然规律那样有效的准则。

2. 一种事件，作为一种目的，即理性存在者，其本性就是目的，并且是自在目的，它对任何准则所发挥的作用，就是对单纯相对的、随意目的的限制条件。

3. 通过上述公式，对全部准则作完整的规定，这就是：全部准则通过立法而与可能的目的王国相一致，如同对一个自然王国①那样。这一进程也正像意志诸范畴的进程一样，形式的单一性，意志的普遍性，质料的多样性，客体也就是目的的多样性，以及体系的整体性或完备性，当作道德的评价时，最好遵循严格的步骤依次进行，先以定言命令的形式作为基础，你的行为所依照的准则，其自身同时就能够成为普遍的规律。倘若人们打算给道德规律打开一扇大门，最好是让同一行为依照次序通过以上三个概念，并且用这样的办法，使它尽可能地与直观相接近。

我们可以在我们开始的地方结束，结束于一个无条件的善良意志。意志完完全全是善良的，绝不会是恶的，也就是说，倘若把它的准则变成普遍的规律，绝对不会是自相冲突的。因而，你要始终遵从那些你也打算把其普遍性变成规律的准则而行动。这一原则就是善良意志的最高规律，是意志永远不会与自己相冲突的唯一条件，只有这种命令式才是定言的，因为作为对可能行为的普遍规律的意志，其有效性与按照作为自然一般形式的普遍规律而形成的实存事物的联系相似。因而，定言命令可以这样来表达：你行动所遵从的准则，要能同时使其自身成为像自然普遍规律那样的对象，那么，这也就是绝对善良意志的公式。

理性自然与其他自然的差异在于它为自己预设了目的。这一目的就是每个善良意志的质料。在绝对善良意志的理念中，并不存在实现这种或那种目的的限制性条件，所有设想的目的都必须被抽象掉，因为这样的目的使意志成为相对的善。因此，在这里，目的不

---

① 目的论认为自然是一个目的王国；道德学则把一个可能的目的王国视为自然王国。第一种情况下，目的王国是用来阐释现存事物的理论观念。第二种情况下，自然王国则是一个实践观念，要通过我们的行动把尚未存在的东西变成现实，也就是与实践观念相符合。

是一个设想的目的，而是一个独立的目的，它只能从消极方面被思想，也就是永远不能有与它相冲突的行动，永远不能只把它当作工具，无论何时都必须把它当作任何意愿的目的而受到珍重。这一目的只不过是一切可能目的本身的主体，因为这一主体同时也是一个可能绝对善良意志的主体，如果让这一意志从属于其他对象，就必定被矛盾所制约。对待每个理性存在者，你的行为都同样依从当作自在目的的准则，不论是你自己还是别人。这一原则与另一基本命题具有同样的本质，你的行为所遵循的准则需在自身中包含固有的对每个理性存在者的普遍有效性。在对每一个目的使用手段时，我应该把自己的准则限制在以它的普遍性对每一个主体都是规律为条件，这也等于说，目的的主体，即理性存在者本身，任何时候都不能被单纯当作工具，而是当作工具使用的最高限制性条件，即无论何时都须被当作目的，这是所有行动准则的基础。

由此，一个无可辩驳的结论产生了：任何一个作为自在目的的理性存在者，不论它所遵从的是何种规律，法律都必定同时也要被视为普遍立法者。正由于他的准则对普遍立法多么有利，所以理性存在者会以其自在目的而表现出独特性，同时使它自身具有超乎所有自然物的尊严和优越性。它的准则在任何时候都不但要从自身的角度出发，也要从任何作为立法者的、其他有理性的东西的角度出发，它们也正是由此而被称为人身。依照这样的方式，一个理性存在者的世界才有可能作为目的王国，并且通过自己的立法，把所有人身作为成员。所以，任何一个理性存在者的行为，要以任何时候都好像自己是普遍目的王国中的一个立法成员为准则。这些准则的形式原则是：你的行动应该使自己的准则，同时对所有理性存在者都是普遍规律。一个目的王国只有与自然王国相类似才有可能，前者遵从准则，遵从加于自身的规则，后者遵从由外因发挥作用的必然规律。纵使自然界的总体看起来像一架机器，但由于它把理性存在者当作目的，而与它相联系，以此为依据，也称之为自然王国。像这样的目的王国将要通过准则得到实现，这些准则借助于它们的规则把定言命令加于理性存在者，以便它们受到普遍服从。一个理性存在者，即使他认认真真地按照准则行动，却不能期望他人也都同样地遵守准则，不能期望自然王国和它有序的安排以及作为一个可能的目的王国合格成员相一致，换言之，不能指望自然王国满足他对幸福的希冀。尽管如此，行为所遵从的准则，只能是可能目的王国普遍立法成员的准则，这个成员具有发布定言命令的充分力量，这一规律依然有效。不过，在这里就出现了一种悖论：唯有作为理性自然的人性的尊严，不计由此而达到的目的与利益，从而只有尊重理念，才能成为意志不可更改的规范，同时准则的崇高正在一切这类动机的独立性之中。每一个理性存在者的这种尊严，使他成为目的王国的一个立法成员。因为，若非如此，它就必须服从自己所需要的自然规律了。虽然可以设想，自然王国与目的王国统一于最高主宰之下，这样，目的王国就不只是个观念，而具有真正的实在性，同时，它的动机也得到加强，虽然其内在价值并没有得到提升。尽管如此，但人们普遍对完全不受限制的立法者有如此看法：从人们的大公无私，从赋予人们以尊严的观念来衡量那些有理性的行为，事物的本质并不因外在关系而改变，抛开这些外在因素，一个人只能由构成其绝对价值的东西来评判，评判者即便是最高存在者，也是如此。因此，道德就是行为对意志自律性的关系，也就是通过准则对可能的普遍立法的关系。与自律性相符合的行为是被许可的行为，与自律性不相一致的行为即是被禁止的行为。其准则和自律规律必然符合的意志，是神圣的、绝对善良的意志。一个不绝对善良的意志对自律原则的依赖、道德的强制性，是约束性，出于约束性的行为客观必然性，称为责任。

由此得知，虽然在责任概念上，要对规律服从，然而，我们同时还是认为那些尽到了自己全部责任的人，从某种层面而言是崇高的、有尊严的。他之所以崇高，并不是因为他遵从道德规律，而是因为他是这规律的立法者，并且正因为如此，他才遵从这一规律。上面我们已经指出，不是对规律的恐惧或喜爱，而是对规律的尊重，才是动机给予行为以道德价值。只有在其准则可能是普遍立法的条件下才行动的意志，才是人们可能的理想意志，才是适宜的尊重对象。人的尊严正在于它具有这样普遍立法的能力，尽管同时他也要遵从同一规律。

意志自律是道德最高原则

意志的自律性是意志由之成为自身规律的特性，而不管意志对象具有何种属性。因此，自律原则是：在同一意愿中，除非所选择的准则同时也被理解为普遍规律，否则，不要做出这样的选择。这一实践规则是个命令式，换言之，任何有理性的东西的意志，都必然受到它的约束。这是命令式，却不能通过分析其中的概念来证明，因为这是一个综合命题。我们必须超越对象的认知层面，进而对主体批判，即纯粹实践理性批判，因为这一必然的综合命题一定要完全先天地来认识。这不是当前这一章所探讨的范畴。但我们通过对道德概念的剖析却完全能揭示出自律是道德的唯一原则。因为经过剖析就可以看到，道德原则必定是个定言命令，而这命令所颁布的正是自律。

作为道德的一切非真正原则源泉的意志他律性

如果意志在其准则和自身普遍立法的适应性以外，走出自身，而在某一对象的属性中去规定它的规律，就要导致意志他律性。不是意志给予自身以规律，而是对象通过与意志的关系给予意志以立法。这样的关系，不论是基于偏好还是基于理性表象，所接受的只可能是假设命令：我要做某件事是因为我愿意做某件事。道德的或假设命令，则与此相反地说：我不是喜欢另外什么东西，而这样或那样地行动。例如，前者说：为了保持名誉，我不应该说谎。因此，自律的人应该摆脱所有对象，使对象不能影响意志，所以，实践理性、意志，就用不着忙于约束他者的关心，而只是表明自己的威信就是最高的立法。举例来说：我应该努力增加他人的幸福，并不是从他人幸福的实现中得到什么好处，不论是通过直接爱好，还是通过间接理性得来的满足，而仅仅是因为排斥他人幸福的准则，在同一意愿中就不可以作为普遍规律来看待。

以他律基本概念为依据的道德原则的分类

如同在其他地方一样，未经批判以前，人类理性在走上唯一的正确道路以前，要经过一切可能的歧途。

从这一观点来看，所有原则不是经验的，就是理性的。前者以幸福原则为原则，以自然的或道德的情感为根据；后者以完美为原则，或建立在可能有效完美的理性概念上，或建立在作为意愿决定因素的独立的完善美概念上。

那些经验原则，不论在哪里，都不适于作为道德规律的基础。因为，倘若道德规律立足于人性的特殊结构，或者立足于人之所处的偶然环境，它们就不会具有对所有理性存在者都有效的普遍性，也不会有由此给予理性存在者的实践必然性。之所以必须排斥个人幸福，并不仅仅因为这个原则的虚假性。经验已经证明，设想人的处境良好、他的行为也随之良好，并没有牢靠的依据，也不仅仅因为这个原则对道德的建立一点用处也没有。因为使一个人成为幸福的人，和使一个人成为善良的人并不是一码事；一种为自己占便宜的机智与一种使自己有德行的机智，全不相干；而是因为这一原则向道德提供的动机正破坏道德，彻底败坏它的崇高性，抹杀为善的动机与作恶的动机之间的差别，只教我们去仔细计量，将它混为一谈。另一方面，把道德感这种被认为特殊的情感请出来同样没什么作用，那些不会思想的人，相信情感会帮助他们寻找到出路，甚至在有关普遍规律的事情上也是如此。但是，在程度上天然有无限差别的情感，难于为善与恶提供统一的标准，而且一个人仅凭情感不会对别人做出可靠的评价；但是情感却是与道德及尊严相接近的，因为它使德性幸而能直接承受对它的满意和称颂，而不须当面对它说。人们追求它并不是因为它的美好，而是为了自身的利益。

在那些道德的理性原则之中，完善性的本体论概念胜于神学概念，尽管它是空洞的、不定的，不能在广漠无垠的、可能实在的领域里找出大量的适合我们的东西，也不能区别这里所讨论的实在性与其他实在性，找出它们的特点。它要不可避免地陷于循环论证，只能把应该去说明的道德暗中作为前提。神学概念是引申自绝对完善的神圣意志，它之所以不如本体论概念，不仅仅是因为我们无法直观它的完善性，我们只能从自己的概念中将它推衍出来，而其中最重要的就是道德概念，而是因为当我们如此做时，在这种阐明中就要发生循环论证；所剩下来的，关于神圣意志的固有属性，就是对荣誉和主宰的欲求，并且和对威力和报复的恐惧观念结合在一起，任何以此为根据的伦理学体系，都直接与道德背道而驰。

道德感概念与一般完美概念均不能作为基础，但至少不会对道德造成削弱。如果在这两个概念之间进行选择，我将选择后者，因为它至少使问题的决断脱离了感性，并引导到纯粹理性的法庭上；虽然它并无所断定，却无损地保存了自在善良的意志的理念，以待进一步规定。

最后，我并不打算对这些学说作详尽的反驳。这种反驳并不困难，那些因职务关系，由于听众要求，不能不对两者之一做出说明的人，也许就会表述清楚，以致这种反驳就显得多余了。在这里，我想着重指出这些原则为道德提供的最初基础是意志的他律性，正是因为这个缘故，它们必然会迷失其目的。

不论在什么地方，如果为了对意志加以规定而把意志的对象当作规定的基础，那么这样的规定只能是他律性，这样的命令只能是有条件的。这就是：如果或者因为某人意愿这一对象，所以，他应当如此这般行动。因此，它永远不会是道德命令、定言命令。不论对象是借助爱好，像在个人幸福原则中那样规定意志，还是通过一般地以我们可能意愿对象为目标的理性，像在完善原则那样规定意志。在这里，意志永远不能通过行为的表象来直接地规定自身，而是借助于行动对意志的预期效果，把预期效果作为动机来规定自己：我应该做某件事情，是因为我意愿另一件事情，在这里，我主观上，一定还有另外的规律作为这一规律的基础，按照这一规律我必然意愿另外的东西，这样的规律又要求一种命令来对这种准则作出限制，作用于主体意志的动因，通过对主体自身力量所得结果的表象，而与主体的结构相一致。这样的动因隶属于主体的本性，或者它的感性、爱好与情趣，或者它的知性和理性，所以，从严格的意义上说，正是自然成就规律。这样的规律，本来只不过是自然的规律。像这样的规律必定通过经验来认识和证明，所以其本身是偶然的，不足以成为其中也包括道德规则的必然实践规则，它永远只代表意志的他律性，意志不是为自己立法，而是由一个异己的动因，通过被规定来接纳规律的主体的本性为意志立法。

一个绝对善良的意志，它的原则必定表现为定言命令，包含着一般意志的形式，任何的客体都不能对它作出规定，也就是作为自律性。由于它，绝对善良意志，才能使自己的准则自身成为普遍规律，也就是每个理性存在者加于自身的唯一的规律，不以任何动机或关切为根据。

这样的先天实践综合命题是如何可能的，为什么是必然的，这个课题并不属于道德形而上学的范围。在这里我并不坚持它的真理性，更不会夸口说有能力证明这种真理性。我们只是通过普遍接受的道德概念的发展指出：有一个自律性与这样的概念直接联系着，甚至可以说成为它的基础。任何人倘若把道德当作真实的东西，而不是当作虚幻的观念，他就必须接受所提出的道德原则。这一章与第一章一样，所用的都是分析的方法。如果定言命令以及意志的自律性是真实的，并且作为一种先天原则是绝对必然的，从这里就得出结论：道德不是心灵的幻象。但是这一结论又须以纯粹实践理性的可能综合应用为前提。但是如果不先对这种理性作一番批判，我们就不敢冒险这样综合应用。在最后一章中，我们只限于满足我们的意图，对这一问题举出其主要线索。

第三章　从道德形而上学过渡到纯粹实践理性批判

自由概念是阐明意志自律性的关键

意志是有生命东西的一种因果性。如果这些东西是理性的，那么，自由就是这种因果性的特性，它不受外部因素的制约而独立地发挥作用。正如自然必然性是所有无理性存在的因果性特性，它们的活动受外部因素的影响而被规定。

　　以上对自由的阐明是消极的，因而不会很有成效地去深入到自由的本质。然而，正是从这里推衍出了自由的积极概念，一个更加完整和丰富的概念。既然因果的概念是伴随着规律的概念，那么根据这一个概念，另一种东西，即结果，通过我们称为原因的东西而确立。因此，自由尽管不是得之于自然的意志所固有的特性，但并非没有规律，而是一种具有不变规律的因果性。它只不过是另一种不同的规律而已，若非如此，自由意志就变成了一个谬论。自然必然性，是一种由作用因所组成的他律性。因为在这种因果性中，只有依照作用是其他东西的规律，才是有可能的；那么，意志的自由就只可能是自律性了，也就是说，意志所固有的性质就是它自身的规律。意志的所有行动对它自身都是规律这一命题，所表示的也是这样的原则：行动所依从的准则必定是以自身成为普遍规律为目标的准则。这一原则也就是定言命令与道德原则的公式，因而自由意志和服从道德规律的意志具有同一性。

　　如果以意志自由为假定的前提，通过对概念的分析，就可以从这一前提推导出道德及其原则。但是，原则是一个综合命题，即一个绝对善良的意志，也就是那种其准则任何时候都把普遍规律当作内容的意志。因为，通过分析绝对善良意志的概念，并不能发现准则这种固有的性质，这样的综合命题只有通过一个与双方都有关联的第三者，把两种认识结合起来，才有可能找到。自由的积极概念提供了第三种认识，它不像物质原因那样，具有感性世界的本性。在感性世界概念中，一个作为原因的概念只有与一个作为结果的概念相联系。在这里我们还不能表明，自由所指明的和我们对它先天就具有观念的第三种认识是什么，也不能使人清楚地把握自由概念是怎样从纯粹实践理性中演绎出来的，以及清楚地了解定言命令是如何变得可能的。因此，我们还需要再做一些准备工作。

自由必须假设是所有理性者的意愿的特性

如果我们没有充分的理由断言所有理性存在者都享有自由，不论以什么为依据，也不足以赋予我们的意志以自由。就我们单纯是理性存在者而论，既然道德是我们的规律，那么，它对所有理性存在者当然也是有效的。并且，道德既然是从自由所固有的性质引申出来的，那么，就证明自由是所有理性存在者的意志所固有的性质，自由是不能由某种所谓对人类本性的经验来充分证明的。这样的证明是不可能的，它却能先天地被证明。因此，人们必须证明它一般地属于具有意志的理性存在者的行动。我想说：每个只能依从自由观念而行动的东西，从实践的观点来看，才是获得了真正的自由。也就是说，所有与自由密不可分的规律都被认为是自由的，正如在理论哲学中意志也被说成是自由的一样。我认为，我们必须承认每个具有意志的理性存在者都是自由的，并且依照自由观念而行动。我们认为，在这样的存在中有种理性，这就是实践理性，具有与其对象有着因果关系的理性。我们不可能设想，理性会有意识地在有关判断的事情上接受外来的干涉，因为这样，主体就不是把判断力的规定赋予自己的理性，而是赋予外在的冲动。理性必须把自身看作自己原则的创始人，不受外在的影响。因此，它必须把自身看作是实践理性，看作是理性存在者的，自身即是自由的意志，只有在自由观念中，才能够是它自身所有的意志，从实践的观点来看，这样一个意志必定为所有理性存在者所拥有。

与道德观念相联系的关切

最后，我们已经把具有规定性的道德概念转变为自由观念，但是在我们之中或是在人类本性之中，我们都不能证明自由是某种真实的东西。仅仅是在我们看来，如果我设想一个存在者是有理性的，并且具有对自身行为因果性的意识，即具有意志的话，我们就必须预设自由为前提。这样我们就发现，正是由于同样的原因，我们必须赋予具有理性和意志的每个存在者以依从其自由观念而规定自身去行动的特性。

以自由观念为前提，我们就可以总结出这样一条行动规律：行为的主观原则即准则，在所有情况下都必须同时能够当作客观原则，即普遍原则，当作我们的普遍立法原则。然而，一般地作为理性存在者，为什么我应该服从这一原则，同时所有其他理性存在者也都服从这一原则呢？我必须承认，不论对什么事情的关切或兴趣都不能促使我这样做。因为关切不会发布定言命令，但是，在这里却必然地引起了我的关切，并且明白它发挥的作用。于是这样的应该，本来就是一种意愿。这一情况，适用于所有理性存在者，如果它的理性在实践上不受阻碍。有些像我们一样的人，把感性当作一种另外的动力，并不只是做理性所要求做的事情，对于这些人而言，行动的必然性才是应该，主观必然性与客观必然性相区别。

如此看来，道德规律，即意志自律性原则，似乎只是在自由观念中作为前提而存在，我们不能证明它的实在性和它本身的客观必然性。但即便如此，在这里我们也仍有收获。因为，我们对真正原则所做的规定，至少比以前更准确了。然而，在这些原则的效用与服从于它的实践必然性方面，我们还没有取得丝毫的进展。因为，为什么我们的准则，作为一种规律，它的普遍性必须是我们行动的限制性；为什么我们认为这种行为的价值，比对任何事物的关切都要高；并且凭什么相信只有如此，人们才感到自己的人格价值，与此相比，所有个人的得失都显得无足轻重；对于以上这些问题，我们都无法给出令人满意的答案。

有时，我们的确会关切一种和实际状况没什么关系的个人品质，希望在理性有这种意向时，这种品质使我们能够参与其中。举例来说，使人值得幸福的价值，就其自身来说就是令人感到关切的，尽管促成置身这种幸福状况的基础并不具备。事实上，这一判断是从道德重要性的前提所得出的结论。如果我们是通过自由概念，而与对全部经验的关切解除关系，虽然我们脱离了关切，把自己看作在行动上是自由的，但是，为使自己的人格有价值，我们还是要遵从某种规律，这种价值能够补偿我们在实际状况方面所遭受的所有损失。这种事情是如何变成可能的？道德规律的约束性由何而来？答案仍不可知。

这里清楚地表明，人们必须承认有一种似乎无可逃脱的循环。为了把自己想成在目的序列中是服从道德规律的，我们假定自己在动因的序列中是自由的。相反地，我们由于赋予自身以意志自由，所以假想自己是服从道德规律的。自由与意志的自我立法，两者都是自律的，因而是可交互使用的概念，其中的一个不能用来解释另一个，也不能为另一个提供依据。最多不过是从逻辑的目的，把同一对象的不同概念归结为一个单一的概念，如同把同一数值的不同分数约简为最小的公约式一样。

我们还有一个方法，那就是去追问：我们认为自己是通过自由而发挥作用的先天原因时的观点和认为自己的行动是我们眼前所见结果的观点，是不是并不相同？

既无须深思熟虑，也无须过高的才智，一个普通人，依照他特有的方式，用他名之为情感的模糊的判断力就能发表这样的见解：所有不经我们的选择得到的表象，如感觉表象，向我们所提供有关对象的知识，只能如同它们作用于我们那样，至于它们本身是什么，仍然不为我们所知。至于这些表象空间是什么，不论知性如何加以审慎，我们所能得到的只不过是现象，而永远达不到对物自身的本质认识。这种区别之所以形成，也许由于我们见到了由另外方面而来的使我们感到被动的表象和我们自身所产生的证明了自身能动的表象之间的不同，但是一旦形成了这种区别，就必然会得出结论，在诸多现象背后，还另有一种尚未显现的东西，这就是物自身。人们必须承认并且接受这个结论，我们自己也明白，我们永远也不会知道这些自在之物，除了自身所作用于我们的那些之外，我们永远都不会知道它们自身之所是。这一区别，以粗略的形式提出了感性世界和知性世界的划分。感性世界，由于感觉上的差异，所以在不同的对世界的观察者中，是千差万别的，而作为感性世界的基础的知性世界却始终保持不变。因此，一个人通过由内部感受得来的知识，是不能够推测他自己的面貌的。因为，他自己全然不能创造自己，他只能经验地，而非先天地，得到有关自己的概念。很自然，他人能通过内部感觉，通过自己本性的现象和自己意识的被作用方式来获得关于他自己的知识。并且，除了这种完全由现象拼凑而成的对自身主体的描绘之外，他还必须要承认，在背后有某种东西作为他的基础，认定有一个独立自在的自我。就自身仅是知觉，就感觉的感受性来说，人属于感觉世界；就不经过感觉直接达到意识，就他的纯粹能动性来说，人属于理智世界。我们对于这一世界，还没有更多的知识。

一个善于思考的人，由他所遇到的事物必定可以得出这个结论；而一个最普通理智的人，也会得出相同的结论。因为众所周知，这种人是最相信在感性对象之后，有一个自身能动、永不可知的某物的。然而，通过再次把这种不可知的东西感性化，即想使其变成直观对象，他们却扰乱了这个结论。最终，他们无法变得更明智。

人们发现，在他们自身之内确实存在着一种把他们和其他事物区别开的能力，以至于把他们与被对象所作用的自我区别开来，这种能力就是理性。作为一种纯粹的自发性，理性甚至凌驾于知性之上，因为知性虽然也是一种自发的能动性，而不像感觉那样仅包含因事物作用而引起的被动的表象，但是知性活动所产生的概念，只能用于使感觉表象隶属于规则，并把它们结合到意识之中，如果没有这种感性的运用，知性就不能思维。相反地，理性在理想的名义下展现了纯粹的能动性，它远超过感性能够给予理性的任何东西，并证明自己的主要功能就是对感性世界和知性世界作出划分，这也就为知性自身厘清了界限。

如此看来，一个理性存在者必须是理智的，而不是低能的，他并不属于感性世界，而是属于知性世界。因此，一个理性存在者，会从两个角度来观察自己与认识自身力量运用的规律，认识自己的全部行为。第一，他属于感性世界，服从自然规律，具有他律性；第二，他是知性世界的成员，只服从理性规律，而不受自然与经验的影响。

作为一个属于知性世界的理性存在者，人只能从自由的观念来思考他自己意志的因果性。自由即是理性在任何时候都不为感觉世界的原因所决定。自律概念与自由概念不可分割地联系在一起，道德的普遍规律总是伴随着自律概念。在概念上，理性存在者的所有行动都必须以道德规律为基础，如同所有现象都以自然规律为基础一样。

上面我们提出，在我们从自由到自律，从自律到道德规律的推理中，似乎暗含着一个循环论的设想已无法立足。这个设想认为，我们是为道德规律而提出了自由观念，目的是以后再从自由中推论出道德规律。这并不能为道德规律提供任何根据，而是一种虚设的原则，这样的原则虽然好心人愿意相信，但我们却从来提不出一个使人信服的命题。现在我们了解到，在我们认为自己是自由的时，就是把自身置于知性世界中，作为一个成员，并且知道了意志的自律性，连同它的结论——道德；在我们把自己想成是受约束时，就把自身置于感性世界中，同时也属于知性世界。

定言命令怎样才是可能的？

理性存在者认为自己作为智者，隶属于知性世界，而只有他属于这一世界的动因时，他才把自己的因果性称为意志。另一方面，他也意识到自己是感性世界的一部分，他的行动只不过是感性世界的因果性的现象。但是我们并不清楚，这些以我们所不知道的原因为根据的行为是如何可能发生的；或者可以认为这些行动是被另外一些现象所规定的，例如，欲望与爱好等感性世界的现象决定了其行为。作为知性世界的一员，我的行动与纯粹意志的自律原则是一致的，而作为感性世界的一部分，我又必须承认自己的行为与欲望、爱好等自然规律完全符合，并且与自然的他律性相符合。前者以道德的最高原则为依据，后者以幸福原则为根据。既然知性世界是感性世界的根据，因而也是它的规律的根据，因此知性世界必须被认为是对全部属于知性世界的我的意志具有直接立法的作用。因此，我认为自己是理智的，是知性世界规律的主体，是意志自律性的主体。一言以蔽之，在必须承认自己是一个属于感性世界的存在者同时，我认为自己是理性的主体，这种理性在自由观念中包含着知性世界的规律。因而，我必须把知性世界的规律看作是对我的命令，把依照这种原则行动看作是自身的责任。

因此，定言命令之所以是可能的，就在于自由的观念使我成为知性世界的一员。如果我仅仅是这一世界的成员，那么，我的所有行为就会永远和意志的自律性相一致。但是，既然我同时是感性世

界的一员，那么，我的行为也应该与这一规律相符合。这一定言的
（无条件的）应当呈现为先验的命题，因为我除了被感性欲望影响的
意志，另外还加上完全同一个意志（这一意志本身是纯粹的、实践
的）。这种意志隶属于在理性上包含着被感性所作用的意志最高条件
的知性世界。这种方式完全像自身不过是一般规律形式的知性概念
加于感觉世界的直观一样，由于这种相加，所有关于自然的知识才
有成为先验综合命题的可能。

普通人理性的实践应用证实了这一推论。在我们树立了坚定地、
自觉地依照善良准则行动的光荣榜样时，在我们树立了具有同情心、
仁爱之心甚至不顾利益与舒适的巨大牺牲的范例时，每一个人，甚
至是最坏的恶棍，如果尚能运用自己的理性，他们一定希望自己拥
有那样的品质。但是由于自己的爱好和冲动，他无法做到这一点，
不过，与此同时，他希望能从这些爱好中摆脱出来，卸去这些负担。
这就证明，如果他能从所有感性冲动中获得自由，他就能在思想上
把自己置于另一种事物的秩序中，离开感性的领域，挣脱自己的欲
望。这样的愿望不会满足他的欲望，也不会给他现实的乃至想象的
爱好提供实现的条件。因为为他拔除了欲望的观念就会失去它自身
的高尚，倘若它提供了这样的条件的话。从这里他所能得到的，只
是他的人格更大的内在价值。当他被自由观念驱使（即为对感觉世
界决定因的独立性所驱使），自愿地转变到知性世界成员的立场时，
他会把自己想象成一个更善良的人。在这一立场上，他意识到，并
且承认善良意志就是他作为一个感觉世界成员的不良意志的规律。
即使在他违背这一规律时，他仍然承认它的权威性。作为知性世界
的一员，道德上的"应该"就是他的"必然"意愿，只有当他作为
感性世界的一个成员时，才把道德上的"应该"看作是"应该"。

一切实践哲学的最后界限

就人们的意志而言，所有的人都认为自身是自由的，由此产生了对有关行为的所有判断，诸如对应该做却没有做的行为的判断。但是，这种自由不是经验的概念，也不可能是经验的概念，因为在经验表明所得的必然结论与自由前提相反时，这个概念依然不受影响。另一方面，所有事物的发生没有例外地都被自然规律所决定，也同样是必然的，自然必然性同样不是经验概念，因为其中包含着必然性的概念，也就是包含先验知识。然而，自然概念是被经验所确认的，如果经验作为被自然规律联系起来的对象的知识是可能的，那么以自然概念为前提就不可避免了。所以自由是一个理性的概念，它的客观实在性本身还没有得到证实；而自然是一个知性的概念，它通过例证表明，而且必然展示自己的实在性。

由此便产生了理性的辩证法，因为意志所赋予的自由似乎与自然的必然性相对立。在这样一个十字路口，以思辨为意图的理性发现，自然必然性的道路比自由的道路更合适、更有用。但是从实践目标来看，自由是理性可能用于我们行为的唯一可行的小路。所以，不论是最缜密的哲学，还是最普通的推理都没有办法通过论证来否定自由。哲学必须认为在人类的同一活动中，自由与自然必然性之间并没有真正的矛盾。因为不能放弃自然的概念，同样不能放弃自由的概念。

因此，即使我们永远不会知道自由是如何变成可能的，但至少我们要令人信服地消除这种表面上的矛盾。假如对自由的思想与自身相矛盾，或者与同等必要的自然相矛盾，那就要在与自然必然性的竞争中完全被抛弃。

如果一个自认为自由的主体设想，在称自己为自由的时候，其意义与关系正如在同一行为中他认为自己是遵从自然规律一样，他就没有办法使这个矛盾消除。因此，思辨哲学的一个不容推卸的责任就是至少指出，矛盾的幻象之所以出现，是因为我们没有在不同的意义上，或者在不同的关系中去思考人，在我们称他为自由的时候，却把他看作是自然的一部分，看作是自然规律的服从者。我们不但必须指出自由和自然能够很好地共存，并且必须把它们想成是必然地统一在同一主体中。若非如此，我们就没有理由用一个观念来加重理性的负担，这个观念虽与充分设定下来的其他观念可以没有矛盾的统一，却使我们感到困窘，使理性在它的思辨运用中让我们深感困惑。这种责任只是思辨哲学应当承担的，它必须为实践哲学清扫道路。哲学没有权利选择，是消除这一表面的矛盾，还是让它在那里保持原状。因为如果让它在那里保持原状，那么这种理论就没有抵抗力，宿命论就会乘虚而入占领这个领域，道德就会从自己的领地中被驱逐出去，这被认为是不合法的占有。

并且，在这里我们还不能说已经触及实践哲学的界线。因为解决矛盾并不是实践哲学的任务，它要求思辨性终止它在理论问题上所涉及的纷争，以便实践性获得稳定与安全，避免它在有关建立大厦的根基方面引起争论，并受到外来的攻击。

在普通理性看来，意志自由就是必须意识到和承认，意志是不为主观原因所决定的，是不为感觉所决定的，总之，它是独立于感性的。以这样的方式，认为自己是理智的人，当他想到自己作为理智而具有意志，从而被赋予因果性时，把自己置于另一种事物的秩序之中，完全置身于与另一种决定根据的关系中；不过，当他认为自己是感性世界的一个现象，实际上也的确是一个现象时，他就使自己的因果性依照外在的规定，遵从于自然规律。现在，他明白，两者可以共存，实际上也必须共存。因为一个作为现象的存在者，属于感性世界的存在者，服从某种在他作为自在之物时并不服从的规律，在这里并不矛盾。人们必须通过双重方式来观照自己，依照第一重方式，必须明白自己是通过感觉被作用的对象；按照第二重方式，又要求他们意识到自己是理智的，在理性的应用中不受感觉印象的作用，是知性世界的部分。

上面解释了这一现象的原因：人们要求有一种意志使他们不去重视仅仅属于欲望与爱好的事物，并且认为在行动时排除所有欲望与感性的诱惑，对他们而言不但是可能的，而且是必需的。这些行动的原因就在作为理智的他们之中，就在按照意会世界的原则的行动与结果之中，在知性世界中只有理性，只有独立于感性的纯粹性才是立法者。进一步说，只有作为理智，他们才称得上真正意义的自己。作为人，他们只是自己的现象，他们清楚这些规律对他们的效力是直接的并且无条件的。因此，尽管爱好的冲动，以至于感到世界的所有力量都在鼓动他们，对他们作为理智的意志规律却毫发无伤。有时他们的确过于放纵自己的意志，允许爱好与冲动对他们的准则发生作用，对他们意志的理性规律造成损害，他们甚至认为自己对这些无须承担责任，不承认这是真正的自己，不承认这是意志。

在实践思想自己进入知性世界时，它绝没有超出自己的界限。如果它试图靠直观或感觉自己进入知性世界时，它就超出自己的界限了。对于并不给予理性任何决定意志规律的感性世界而言，知性世界只是个否定思想。只有在这一点上，它是肯定的，那就是自由作为一个否定规定同时却与肯定能力发生联系，甚至与理性的因果性发生联系。我们称其为意志的因果性，因为这样活动的原则与理性原因的固有性质相符合，也就是以准则与普遍规律相符合为条件。如果实践理想想向知性世界索取一个意志的对象、一个动机，那就是越过了界限并装作为它完全不知道的东西。因此，知性世界的概念只是一种立场，理性为了把自己想成实践的，只能在现象之外采取这样的立场。如果感性对人的作用是决定性的，那么，理性就不可能把自己设想成是实践的。这一立场是不可缺少的，除非否认人对自己有作为一个理性的原因，理性地活动的原因的意识，也就是否认人对自己有作为自由活动的原因的意识。这一思想当然包含与适用于感性世界的自然机械学不一样的秩序与立法的观念。这就使知性世界的概念把所有理性存在者看作自在之物的概念成为一种必要。但在这里我们只能依照形式的条件来考虑它，依照作为规律的意志准则的普遍性，依照唯一能构成自由的意志自律性而思考它，决不给予我们以思考它的其他机会，另一方面，所有直接作用于对象的规律造成他律性，它们属于自然规律，只对感性世界有效。

如果用理性去解释纯粹理性是如何实践的，它就完全超出界限了，正如去解释自由是怎样实现的一样。

解释就是把某物归结为规律，其对象也许会在经验中给予，其他的我们什么也不能解释。而自由仅是一个观念，其客观必然性绝不能用自然规律来说明，也无法在经验中找到。没有任何例证可按照类比法来作为它的依据，因此它永远不会被把握和被想象。它之所以被当作必要的条件，是由于有理性的东西相信自己意识到意志，意识到一种和仅是欲望能力不同的能力，也就是决定自己像理智那样活动的能力，按照理性规律活动而不以自然本能而改变。在按照自然规律去规定无效的地方时，所有解释也就终止了，所剩下的就是对反对意见进行反驳。有些人自认为更深刻地洞察到了事物的本质，大胆地宣布自由不可能。我们只能告诉他们，他们发现的所谓矛盾，仅仅是他们在把自然规律适用于人的行为的时候，必须把人当作现象罢了。如今我们要求他们把作为理智的人看作是自在之物，他们还坚持把他当作现象不改。诚然，在同一主体中，把它的因果性、它的意志和感觉世界的所有自然规律相分离，是一个矛盾，但是，只要他们愿意重新考虑一下，并且承认，在现象背后必定有些自在的东西，作为它们的潜在基础而存在是合理的，这一矛盾就不再存在。除此之外，我们不能期望这些基础的活动规律和它们的现象所服从的规律是一样的。

在主观上不能解释意志自由，就好像不可能发现和解释人们对道德规律所感到的关切①。但是，他们对道德规律的确很关切，我们把这种关切的内在基础称为道德感。在某些人眼中，这种道德感被错误地当作道德判断的标准，而必须把它看作是规律对意志产生的主观效果，其客观原则也只能由理性来提供依据。

为了使被感觉作用着的有理性的东西通过理性所获得的东西也成为应该希望的东西，在这里理性的确需要有一种能力，在肩负的责任中注入快乐和满足的感觉。因此，理性一定要有一种因果性，去规定感性，使之与它本身的原则相符合。然而，几乎不可能辨别并先天地知晓一个不包含一点感性东西的纯思想如何产生快乐和不快乐的感觉。这种特殊的因果性，和其他一切因果性一样，我们先天地不能有任何规定，而只能依靠经验。而经验，只能在原因和结果同时存在于两个经验对象中的时候，才能加以举例。但是在这里，理性是把观念作为并不存在于经验对象中的结果的原因，并且观念不向经验提供对象。因此，对于我们而言，作为规律的准则普遍性，

---

① 只有通过关切或兴趣理性才能成为实践的，成为规定意志的原因。因此，我们只能说有理性的东西对之感到关切，而无理性的生物只能感到感性的冲动。如果人们准则的普遍有效性是规定意志的充足理由，那么对行为的直接关切只能为理性所有。只有这样的关切才是纯粹的。如果理性只有通过另外的欲望对象，或者以主体特殊感觉为条件才能规定意志，那么它对行为只有间接关切。因为离开经验，理性自身既不能发现意志的对象，也不能发现背后的特殊感觉，所以间接关切只能是经验的，而不是纯粹理性的。推动理性深入而对逻辑所感到的关切永远不是直接的，而是理性所怀抱的意图的前提。

我们为什么对道德感到关切，这是完全无法解释的。只有一点是肯定的：它对我们有效，并非由于我们对它感到关切，因为关切是他律的，是实践理性对感觉的依赖，对一种基本情感的依赖。它之所以使我们感到关切，是因为我们是人，是因为它来自于作为理智的我们的意志，因而也来自于我们所固有的自我；至于那属于现象的东西都由理性决定，并服从于自在之物的本性。

于是，"一个定言命令是如何可能"的问题，可以这样解答：我们所能提出的唯一可能的前提，就是自由的理念，我们能够指出这一前提的必然性，为理性的实践运用提供充分的依据，也就是对这种命令有效性的信念、对道德有效性的信念提供充分依据。然而这一前提本身是怎么可能的，是人类理性永远也没有办法探测的。然而，从理智意志自由的前提得出了一个必然的结论：自律性是规定意志的形式条件。意志自由这个前提，有可能为思辨哲学证明，但是由于它不关涉和自然性原则的矛盾，自然必然性只在感性世界的各种现象的相互关系中表现。同时，这一前提是无条件必要的，假如在实践上没有这个前提，一个有理性的东西就不能发现他的理性因果性，就不能发现一个和欲望不同的意志，换句话说，有理性的东西的所有自愿活动，都必须在观念上以这样一个前提为基础。但是，为什么纯粹理性不必从其他地方取得动力，自身就可以是实践的？为什么作为规律的所有准则的普遍有效性，也就是成为纯粹实践理性的合理形式，可以不用引起我们关切的任何意志材料或对象，而自己成为动力，产生一种可称为纯道德的关切？简单来说，为什么纯粹理性可以是实践的？对这类问题的回答，人类理性完全无能为力，对回答这类问题的所有探索都是徒劳无功的。

假如我想要探求自由本身作为意志的因果性是如何成为可能的，其情况也相类似。因为，在这样做的时候，我就把作为解释的哲学基础抛在脑后，除此以外我又没有别的基础。当然，我可以陶醉在尚为我保留的意识世界，或理智的世界里，不过，尽管我对这个世界有一个理由充足的观念，却没有一丁点儿知识，那么不论我怎样竭尽自己的理性自然能力，我永远也不能得到这种知识。这一世界仅仅意味着，当我为消除来自感性领域作为动机的原则，把所有属于感性世界的东西都从我意志决定因素中抛弃掉的时候，所剩下来的某种东西。我这样做的原因是限制感性动机，指出它绝对没有把所有都囊括在内，在它之外还有更多的东西；至于这些东西是什么，我就无可奉告了。在我抛弃所有材料、所有对象的知识，只用纯粹理性来表述这一理想的时候，对我而言，所剩下的就只有形式，只有准则普遍有效性的实践规律，与此同时，只剩下与纯粹知性世界相关联的理性与作为可能的规定着意志的作用因。除非在意会世界中这个观念自身是动因，或者理性对这一世界有先于一切事物的关切，那么这里就再也找不出动因了。然而要把这个问题说清楚，是我们力所不及的。

这里就是道德探索的最终界限。划定这样一个界限是重要的，一方面可以避免理性在感觉世界内，用对道德有害的方式，四处摸索最高动机和即便能够理解却是经验上的关切；另一方面，也能够避免理性在我们所谓的意会世界的空无一物的超验概念的空间里，无力地拍打着翅膀，却不能离开原地，并沉沦于幻象之中。纯粹知性世界的观念，作为一个全体理智的整体，就合理信仰而言，永远是个有用的可信的观念。由于我们有理性的东西，尽管同时是感觉世界的成员，自身也是理智的一分子。因此，尽管在这条边界上所有知识止步了，然而通过有理性的东西的自在目的普遍王国这个伟大思想，却引起我们对道德规律的衷心关切。我们只有小心谨慎地按照自由规则行事，就如同遵循自然规律一样，才能成为这个王国的一员。

弗里德里希·席勒

主编的话

弗里德里希·席勒（1759—1805），德国 18 世纪著名诗人、哲学家、历史学家和剧作家，德国启蒙文学的代表人物。席勒 1777 年开始创作剧本《强盗》，1781 年完成。1782 年至 1787 年相继完成了《阴谋与爱情》《欢乐颂》等作品。1796 年后创作了《华伦斯坦》三部曲、《玛丽亚·斯图亚特》《威廉·退尔》等。1805 年 5 月 9 日逝世。

席勒是德国文学史上著名的"狂飙突进运动"的代表人物，也被公认为是德国文学史上地位仅次于歌德的作家。他出生于德国符腾堡的小城马尔赫尔的一个贫穷市民家庭，父亲是军医，母亲是面包师的女儿。席勒在童年时代就对诗歌、戏剧有浓厚的兴趣。他 1768 年进入拉丁语学校学习，但 1773 年被公爵强制选入自己所创办的军事学校，接受严格的军事教育。在军事学校学习期间，他接触到了莎士比亚、卢梭、歌德等人的作品，这促使他坚定地走上文学创作的道路。

法国大革命时期，席勒发表美学论著《美育书简》（1795年），曲折地表达了他对暴风骤雨般的资产阶级革命的抵触情绪。他主张只有培养品格完善、境界崇高的人才能够进行彻底的社会变革。这也是在《唐·卡洛斯》中宣扬的开明君主思想的延续。尽管如此，席勒始终没有放弃寻求德国统一和德国人民解放的道路。他把美学研究和社会变革等问题结合得非常紧密。

美育书简

第一封信

承蒙您的惠允，我通过这一束书简将我对美与艺术研究成果展现给您。我深感这一任务的重要性，也了解它的魅力与庄严。我所要谈论的主题和我们的幸福直接相关，与人性的道德高尚亦相差无几。美丽的心灵能感受并实现美的所有力量，我将在此心灵面前探讨美的事物。在这一探讨中，如需像原则一样追求感觉，我将会承担起任务中最为艰巨的部分。

我向您索取恩惠，但您却认为是分内之事，而我是追随我的爱好。您为我制定的规则自由自在而非约束，这对于我的确是一种需要。不采用惯常的论述形式，这就不会使我因术语使用不当而损害审美情趣。我的观点主要源于我的内心深处，而不是来自丰富的外界经验，也不是来自对群书的博览。当然，我并不否认其根源，但是我既不能把错误归咎于某一学派的影响，也不愿依据权威或其他力量使其存在。

坦率地说，下面的原则绝大部分是以康德的各项原则为基础的，倘若这一探讨过程令您联想到某一特定的哲学学派，那么这是我的能力问题，而不是康德的原则问题。是的，我认为您的自由不可侵犯。您的感受为我提供了赖以建设的事实依据。您的自由思想为我们制定了论证的准则。

对于康德体系实践部分中居于主导地位的那些思想，只有在哲学家那里才会有不同的看法，我可以证明，大部分人对此的看法从始至终都是一致的。倘若它们脱离学术形式，它们就成了常识中的至理名言和道德本能的事实，这种道德本能正是贤明的大自然作为保护者在人具有准确的洞察力以前所赋予人的。不过正是这种学术的形式，既为知性揭示了真理，又在情感面前掩藏了真理。因为知性如果自己把握这一对象，首先要肢解内在感觉的对象。正如只有通过分解，化学家才能发现物质的联系一样，只有通过分解，哲学家才能发现顺应自然的作品。为了捕捉稍纵即逝的现象，就必须把这些现象束缚在规则的枷锁中，将其美丽的形体拆分成抽象的概念，借助贫乏的文字框架使精神保持鲜活的生命力。如果在这种摹写中不能重新发现自然的情感，在分析家的报告中真理成了荒诞之言，那岂不是怪事一桩？

倘若下述探讨为了使其对象接近知性而超出了感性的范围，那么也请您多加谅解。适用于道德经验的语言，必然在更高的程度上也适用于美的现象。美的魔力正是建立在神秘的基础上的，而当美的各种因素必然结合，魔力也就失去了其本质。

第二封信

然而，除了吸引您的注意力到美的艺术舞台之外，我还能怎样更好地运用您赋予我的这种自由呢？当道德世界的有关问题让人们产生更浓厚的兴趣，时代环境又迫切地要求哲学探讨精神去从事于一种完美无瑕的艺术作品，去建立一种真正意义上的政治自由时，却在为审美的世界物色一部法典，这是不是至少是不合时宜的呢？

我不想脱离这个时代，也不愿为另一个时代而工作。如同每一个人都是国家的公民，同样地，他也是时代的公民。倘若他不可能甚至不允许他与自己生活的时代脱离关系，那么，为什么没有义务在他选择时要包含时代的需要和风尚呢？

但是似乎这种抉择对艺术不利，至少它不利于我的探讨所涉及的那些艺术，事件的进程使时代的创造精神朝着愈来愈远离理想艺术的方向发展。艺术必须与现实拉开距离，并且光明正大地超出需要，因为艺术是自由之女，它不能从物质的欲求而只能从精神的必然性接受规范。然而，在当今时代，实用占据主流地位，把堕落了的人性置于它的专制桎梏之下。时代以追求利益为荣，所有的力量都要为它服务，所有的天才都要拜倒在它的脚下。在这个实用的天平上，艺术的精神贡献毫无分量可言，它得不到任何的鼓励，从而消失在我们时代的名利场的喧嚣之中，甚至连哲学的探索精神都被逐渐剥去了想象力，艺术的领域越来越小，而科学的范围却越来越大。

哲学家就像老于世故的人那样，目光充满期待地关注着政治舞台，人们相信，人类的最后命运将在此接受审判。若离开上述普通的讨论，不就暴露了对社会公益的令人指责的冷漠吗？这一重大的裁决，由于它的内容、结果和每个自称为人的人都有直接的关系，由于它的审议方式，每个独立思考的人必然都格外关注。以前，只能由强者滥用权力来解答的问题，现在似乎要在理性至上的法庭提出诉求。只有始终能将自己放在整体的中心并把自己的个体提高到全人类高度的人，才能使自己成为理性法庭的陪审员，从而既作为个人又作为世界公民及诉讼当事人,始终关注这一事态的进展。在这一伟大案件中做出最终裁决,这不仅仅是他个人的事情,应该按照法律做出裁决,作为有理性精神的他,是有能力和资格做出这种裁决的。

和这样一位天资聪颖的思想家和自由的世界公民去探讨这一主题,并把这一裁决赋予为人类幸福而充满美好热忱的心灵,这对我来说具有极强的诱惑力。虽然在现实中我们生活在不同的地域而相距又如此遥远,但是在思想领域,您的公正无私的精神与我不谋而合,这多么令人愉快又令人惊异啊!我抵制了那种如此动人的诱惑,让美在自由面前先行,我坚信它的正确性不仅可以用我的爱好来解释,而且可以通过各种原则加以证明。我希望能使您相信,这一题目不仅关系到整个时代的鉴赏力,更关系到这个时代的需求。为了在经验中解决政治问题,我们就必须通过审美教育的途径,因为正是通过美,人们才可以达到自由的目的。只有先令您想起把理性引入政治立法的那些原则,方能做出这种证明。

第三封信

自然界对待人并不比对待它的其他作品更为恩惠:在人还不能作为独立的智者行动时,大自然就代替人行动。但是,人之所以为人是人不局限于单纯的自然界所造就的模样,而有能力通过理性完成自身预想的步骤,将必要的作品转变为自由选择,把自然的必然性提高至道德的必然性。

当人脱离了感性混沌状态,他会对人自身产生认知,四处观望并在国家中发现自我。在他能根据自己的意志选择这种地位以前,他要受到必需的约束。在可以遵从理性法则建立国家以前,需要按单纯的自然规律建立国家。但是,作为有道德的人,始终不会对这种具有政治需要产生满足感，这种国家只是由它的自然规定产生的，并且只是在这一点上才是合理的。倘若他可以说，这种国家对他而言堪称是一种灾难！作为人，他有权利去摆脱盲目必然性的统治，如同他在很多其他的方面通过他的自由而摆脱了这种统治，例如，通过道德使性爱所役使的那种卑劣低俗的特性无影无踪，并通过美使之高尚化。因此，人以一种人为的方式从他的成年回到童年时代，并在理念中构成一种自然状态。这并非经验所得，而是其理性导致的结果，是由他的理性规定必然构成的。从这种理性中寻找一个终极的目标，这在人的实际自然状态中是难以达到的，在当时他尚不能做出这种选择，就如同他从头开始并以具有明确见解和自由抉择的独立状态来代替制约状态。不管那种盲目的力量如何巧妙并且牢固地为它自己的作品打下基础，不管它多么粗暴地维护这一作品并为其加上任何尊贵的外衣，在这一过程中，人都可以无视这一切，因为盲目的作品不具有权威性，自由没有必要屈从于它。所有的事物都要为最高的终极目标服务，这一目标是理性在人格中树立起来的，一个达到成熟的民族一定会产生并最终确证这一目的，即要将自然之国家转变为道德之国家。

这种自然的国家（如同每一种政治实体，最初它是在强力的基础上而不是在法则的基础上建立的）违背人类的道德本性。对于道德的人而言，单纯合法性则应当使人服务于法则；而自然的国家却完全适合于自然的人，为了避免暴力伤害而制定法则。但是，自然的人是现实的，道德的人却令人生疑。因此，理性要取代国家，就必然要废除自然的国家，就要敢于把自然的、现实的人变为不现实的、道德的人，就要用可能的（即便在道德上是必然的）理想社会代替现实社会。从人类那里，理性只能取走原本就是人类的东西，而不可能获得人类所不具备的东西，并将指出人类应该和可能拥有的。倘若理性对人存有过高的期望，它为了一种人性（这是人还缺少的并且它的缺少并不会有损于他的生存）甚至剥夺了人作为动物性的手段，那么就等于剥夺了他的人性存在的条件。这就等于人在把他的意志固定为法则之前，理性从人的脚下撤去了本性的阶梯。

因此，这里特别需要思考的问题是，在没有建成观念中的道德社会以前，自然的社会就一刻也不能停下脚步，不能为了人的尊严无视人的生存，并将其置于危险的境地。机械师修理钟表时，要让齿轮保持运转；当国家这一活的钟表在运转时需要修理时，也需要在运转的情况下去更换旋转着的齿轮。因此，我们必须寻找使社会持续运行的某些支柱，使这些支柱独立于我们所要废除的自然国家。

在人的自然属性中找不到这种支柱，人类的自私和残暴的特性谈不上维持社会利益，甚至对社会起到一种破坏作用。在人的道德属性中也找不到这种支柱，这种属性有待形成。因为它是自由的而且从来没有出现过，立法者绝不会根据它来行事，绝不会考虑到它。似乎必须从道德自由中分离出任意性的物质性质，重要的是使前者与法则一致，后者依赖于印象。重要的是使前者与物质保持距离，以便使后者更接近物质。由此产生出与两者相关的第三种属性，它开拓了从单纯力量的统治转变为法则的统治开辟道路，它不是道德性格发展的"拦路虎"，而是盲从中的道德的感性保障。

第四封信

可以肯定的是，只有第三种性格在一个民族中居于主要地位，才能顺利地完成按照道德原则对国家的改造，只有这种性格才能够保障道德原则的持久稳定。在建立道德国家时，伦理法则为推动力，自由意志则进入因果领域，在这一领域，所在事物都与严格的必然性和稳固性产生联系。然而，我们知道，人的意志具有偶然性，只有在绝对的存在物质那里，自然的必然性才能与道德的必然性相一致。倘若把人的伦理态度当作自然的结果，那它必然是一种本性，就必然会通过其本能实现这样一种生活方式，而产生一种道德意义上的性格。但是人的意志在义务与爱好之间是完全自由的，其人格的无上权力不可能也不允许受制于自由。因此，倘若人具备这种选择的能力并因此而成为各种力量的因果联系中可靠的一环，那么也只能由此而实现这一点，即在现象的领域中，这两种本能推动力的作用完全一致。除了形式上的不同以外，人的意愿的实质仍然是相同的，从而他的本能与理性的一致就足以适应普遍立法。

可以说，就天赋与素质来说，每一个个体的人都具备纯粹理想人的因素，在诸种变化中与这种不变的统一体保持和谐，这正是他的生存的伟大使命。在每一主体身上都能够多多少少清楚地看到这种纯粹的人，他可以由国家来代表，试图用这种客观的接近标准的形式结合主体的多样性。但是，怎样让现代的人和理想中的人保持一致？同样地，怎样令国家能够在个体中维护自己？在这里我们可以设想两种不同的方式：或者通过纯粹的人压制现实的人，使国家取代个体；或者将个体转换为国家，把现实的人升华为理想的人。

片面的道德评价固然模糊了这种区别，因为如果理性法则无条件地生效，那么理性就可以得到满足；但是，在全面的人类学评价中，我们就要将形式纳入考虑的范畴，也要将内容考虑在内，鲜活的感觉也有发言权，这种区别就更加显著了。理性虽然要求统一，但是自然却要求多样性，因此人需要这两种立法。前者（理性的法则）通过不受诱惑的意识对人施加作用，而后者（自然的法则）却通过无法排除的情感对人施加作用。倘若道德的性格只能通过牺牲自然的性格方能保持，那么就表明人在教养方面还有所欠缺。倘若国家的宪法只有通过避免多样性才能达到统一，那么就说明它还有很多不足之处。国家不仅应该重视个体身上客观的与一般的性格，而且应当重视个体身上主观的与特殊的性格。在国家不断扩大隐形的道德领域之时，不应该缩小作为外部物质世界的现象的领域。

当机械师着手于未成形的素材拟赋予他所要达到的形态时，他会毫不犹豫地改变这块材料，因为他所加工的自然本身并不吸引人的注意，他所重视的不是各个部分组成的整体，而是整体中的各个部分。当艺术家加工同一个素材的时候，同样会果断地改变，只是尽量避免显示出这种改变。他并不比机械师更重视他所加工的素材，但他会试图在表面上显示出尊重来迷惑维护素材自由的人。对于教育家和政治家而言，情况就截然不同了，他们既把人当作他们的素材，又把人当作他们的课题。在这时，目标回到了他们的素材之中，只是因为整体服务于局部，局部就要适应于整体。与艺术家对待他的素材的态度截然不同，政治家必须尊重他的素材——人类，他必须保护人类的特质与个性，而这种保护是客观的，以人的内在本质为目的，而非为了迷惑什么人。

国家是通过其自身并为了其自身而建立的机构组织，因此，只有使局部与整体相协调，国家才能产生。因为在公民的心目中，国家是纯粹和客观人性的代表，所以国家对待公民的态度必定如同公民对待国家的态度一样。因此，国家尊重他们的主观的人性，并将其升华到以客观存在为准。倘若内在的人性和他本身是一致的，那么，他能保留自身的特异性，而国家只是公民美好本能的解释者，是内在立法的更明确的体现。倘若与此相反，在一个民族的性格中，主观之人和客观之人仍然处于对立的位置，只有压制前者才能让后者处于优势地位，那么，国家对于公民也只能保持法律的严肃性，为了维护自身利益，压制敌对的个体性是必须要做到的。

这种双重方式使人对立起来：情感支配原则时，变成一个原始人；当原则破坏了情感时，变成一个野蛮人。原始人不重视艺术，并把自然作为至高无上的伴侣；野蛮人嘲弄和轻视自然，然而他比原始人更卑劣，他进而成为感官的奴隶。文明人把自然当作亲密的朋友，他尊重自然，尽管会压制自然的专横。

因此，当理性将道德统一引入物质社会的时候，不会破坏自然的多样性；当自然在社会道德建设中试图保持多样性时，也不会破坏道德的统一。成功的形态应该同一致与杂乱都不相干。在有能力和资格把必要性的国家转变到自由的国家的民族中，人们将会找到具有完整的性格。

第五封信

在当代及所发生的事件中，我们是不是看到了这种性格呢？我把注意力立即集中到在这一广阔画卷中最突出的对象上来。

的确，舆论的威信已经减弱，专制的本性已经被揭露，虽然它尚有权力，但是已经失去了尊严。人类已从长期的麻木不仁与自我欺骗中醒来，不但要求恢复自己的不可丧失的权利，而且已经开始用暴力手段夺取被无理剥夺了的权力。自然国家的建筑根基已不牢固，腐朽的基础面临坍塌。让法律戴上王冠，人类最终获得尊重，让真正意义上的自由成为政治联盟的基础，这种自然的可能似乎已经存在。但这种希望是徒劳的！因为还不存在道德的可能，有利的时机却遭遇了感觉迟钝的一代人。

人类在行动中勾勒出自己的形象。在这场现代的戏剧中，他们所扮演的角色究竟是怎样的？一方面是蛮横粗野，另一方面是萎靡不振：人们堕落的这两种极端竟在同一时间出现！

广大的下层阶级表现出野蛮的不知天高地厚的本能，由于脱离了社会秩序的束缚，正以无法控制的暴怒忙于满足兽性。这可能是客观的人性所致，他们在抱怨国家。主观的人性需要尊重国家的各项须知。虽然国家不重视人类本性，但只要国家还保障个人的生存，我们就无可指责，在尚未考虑到人性教养的时候，我们能指责国家急于凭借自然的重力来分选或靠聚合力来联结吗？这种国家的解体是有其合理性的。走向解体的社会不是转向有组织的生活，而是倒退到原始的状态。

从另一方面讲，有文明阶级表现出令人不适的懒散与性格堕落的景象。因为它的根源正是文化本身，这就更加令人厌恶。我记不清楚是哪位古代或现代哲学家曾经说过：高贵的东西在解体时就变成了卑劣之物①，这一说法似乎同样适用于道德领域。倘若人们放纵自己的性情，就会由自然之子变成狂徒，由艺术的门生变成一文不值的人。上流阶层不无理由地以此自炫的知性启蒙，总体而言，对人的志向的高尚化影响极其微小，倒不如说是它提供了适应腐化的准则。我们在其正当的范围内不承认自然的权威，那么，在道德的范围内我们就要承受自然的淫威，我们正是以抗拒自然影响力的方式从自然中获取我们的原则。我们的道德习俗中造作而又夸张的端庄拒绝了对自然做出宽恕的表决，那么，在唯物主义伦理学说中就得给予自然以决定性的最后发言权。自私自利已经在我们高度文明的社交活动中占据一席之地，我们经受着社会的一切传染病与一切灾祸，却没有孕育出一颗贴近社会的心。我们令自己的自由判断屈从于社会专制的舆论，使情感屈从于社会奇异的习俗，使意志屈从于社会的诱惑，而我们只是为反对社会的神圣权力而放纵着我们的任性。在粗暴野蛮的自然人那里，他们的心跳尚能引起共鸣；而文明人的心却充满盲目的自信。这如同在大火熊熊燃烧的城市里，每

---

① 柏拉图语。

个人都只寻找他自己的可怜的财物来躲避这场劫难。我们相信，只有摆脱感伤的情绪，才能找到防范社会迷误的办法。嘲讽有时能惩罚狂热分子，却同样不加体谅地对最高尚的情感造成了亵渎。那种远非能让我们享有自由的文明，伴随它在我们身上所形成的每一种力量，一种新的欲求随之产生。自然的镣铐越来越可怕的收紧，以致患得患失的恐惧感遏止了要求改良的强烈本能，顺从的准则成了生活的最高的生存之道。因此，我们发现时代精神在乖张与粗野、造作与自然、迷信与道德之间徘徊，只是一种暂时的平衡还在不时地制约着时代精神。

第六封信

或许我对时代的描述有些过度？这种指责并非我所期待的，我所期待的是另一种指责，说我由此要证明的东西太多。您会告诉我，这幅景象与现代的人性相似，但它也完全像处于文化途程之中的所有民族，因为所有民族在借助理性回归本性之前，必然毫无例外地由于过分理智而脱离本性。

但是，当我们或多或少地关注时代性格的时候，把人性的现今形式和以前的、特别是古希腊人的性格比较，就会得到令我们感到惊讶的结果。我们针对任何其他自然本性所显示的文化教养，却不适合与希腊人的本性相提并论。希腊人的本性有艺术的一切魅力和智慧的全部尊严，不像我们的本性成了艺术和智慧的牺牲品。希腊人以我们的时代所缺少的那种质朴真诚使我们感到羞愧，而且可以使我们的行为违反自然而感到慰藉的那些优势也成为我们的榜样。他们既有丰满的外在，又有丰富的内涵；既有哲学思考，又有艺术创作；既温文尔雅，又生龙活虎。在他们的身上，我们看到了一种完美的人性，既有年轻人的奇思妙想，又有理性的强大光芒。

在希腊时期，精神力量在觉醒中，感性与精神尚未严格地区别成相互敌对又界限分明的不同领域。诗歌尚未以诙谐为追求目标，思辨尚未堕落为诡辩，必要时可以互换其位，因为两者都只是以其自身的方式推崇真理。尽管理性高扬，但它总是亲切地使物质的东西紧跟它的步伐；尽管理性划分得如此精细，但绝不会出现残缺。理性虽然分解了人性，并把它分别在众神的身上加以扩大，但并没有因此就使人性碎片化，而是通过不同方式将它组合起来，使完整的人性在每一个神的身上表现出来。而我们现代人在此是多么不同！我们这里，物种的形象在个体中被扩大了——但是被肢解，而不是重组，以至于我们要看到整体，就必须从不同的个体处收集构成要素。在现实生活中，人们总是试图相信，各种精神能力分别地表现在经验中，如同心理学把它们分解成概念，呈现在我们面前的并非整体，而是一部分有天赋的人所组成的阶级，而其余的人就像畸形的植物，本性的痕迹非常微弱。

我承认，从知性的天平上来看，最优秀的古人并不比现代人更具优势。但是，这场对抗应当包括每个成员，用整体与整体来抗衡。哪一个现代人能站出来一对一地与雅典人比试一下人性的价值？

族群有所长，个体有所短，原因何在？为什么作为个体的希腊人能够成为其时代的代表，而作为个体的现代人却没有这种能力呢？因为希腊人所获得的形式是来自于自然的本性；而现代人所获得的形式是来自分离一切的知性。

正是文化本身给现代人性造成了这种伤害。只要累积的经验和更清晰的思维使科学更明确的划分成为必然，国家越来越复杂的机构使等级和职业更严格的区别成为必然，那么人的本性的内在纽带也就会发生断裂，致命的冲突割裂了人性的和谐力量。直观的知性与思辨的知性占据着各自不同的领地，处于敌对状态，互相猜忌地保卫着各自的领域。人们的活动备受某一领域所局限，这样人类就把自己交给了一个主宰者，他常常压制人类其余的禀赋。因此，不是丰富的想象力糟蹋了知性辛勤获得的果实，就是抽象精神熄灭了那种温暖过我们心灵并且激发过想象力的火焰。

艺术与学问在人的内心世界造成混乱，近代统治的精神使其普遍化。诚然，期望早期共和制的那种简单机构会随着早期的道德习俗及社会关系的消亡而继续存在并不明智，然而，它没有成为高级的生机勃勃的生活，却沦为平庸而粗俗的机器。在希腊城，每个人都享受着独立的生活，如有必要可以变为一个独立的个体。希腊城邦的这种水螅式的本性现在却变为一种精巧的机制，其中由数量众多却无活力的局部组成一种机械生活的整体。如，国家与教会、法律与习俗都脱离开来，享乐和劳作脱节，手段和目的脱节，努力与回报脱节。人类永远被束缚在整体中的一些细枝末节上，人类也就变成了一个断片。耳朵里听到的永远是由他推动的机器齿轮的那种单调乏味的嘈杂声，人类从未和谐，不是把人性印刻到本性中，而是把自己变成职业和科学知识的一种标志。人性所选择的形式并不能决定把个体联系到整体上去的那个细微断片（人怎么可能把他的自由托付给这样一种人为的、盲目的机器呢），人类自由的智慧被固有的准则所束缚，死板的字母替代了活生生的知性，熟练的记忆比天才和感觉更能起到可靠的指导作用。

倘若社会或国家把作用作为衡量人的标准，只重视公民的记忆力、图解式的知性和机械的熟练技巧；倘若此时只重视知识而对性格没什么特殊的要求，相反地，只要求遵守公共秩序和奉公守法而把最大的无知视为优异；倘若只要求各种能力的发展却忽视了主体性格发展的完整性，为了个别的某种天赋而忽略了人心灵中其他的天赋，这怎么不使我们惊异？的确，我们知道一个天才不会把他的事业局限在职业的界限里，但是普通人会将他全部的精力消耗殆尽于他的事业中，如果普通人在不影响本职的前提下去做他们感兴趣的事情，境界便会提升。国家不提倡大材小用，它不愿失去占有人才的权利，宁愿联合乌拉尼亚的维纳斯，也不愿同基西拉的维纳斯共有人才。①

因此，为了让抽象的整体能够继续运转（或苟延残喘），必定要逐步地消灭个别的具体的生活形态。国家始终是异己于它的公民，因为他们对于国家不会有任何存在的感知。鉴于国家公民的多样性，它只能通过等级的划分来统治并通过代表间接地来了解人性。最后在国家的眼中没有人性，把人性与知性混为一谈，对于那些不太为他们讲话的法律人们则报以冷漠的态度，终于不愿再维系那种使人性与国家不能缓解的纽带，于是积极的社会分解成道德的自然状态。在这里，权力只是一个多数的政党，需要它的人回避它、憎恨它，甚至诅咒它，而不需要的人反而尊重它、谈论它，甚至敬畏它。

人性在这两种内在和外在压力下能不能采取与它实际上所不同的路线呢？当思辨精神在观念世界中追求它认为不应丧失的占有物时，它在感性世界中就必定成为异己者，并且为了形式而摒弃实质。由于各种规则的束缚，公共事务被单调圈子所局限，这样自由的整体必然消失，并变得更加贫乏。所以，思考的心智试图按照所设想的对现实进行改造，并把想象的主观条件上升到事物的普遍规律，务实精神却走向相反的极端，按照特殊的局部经验来估量一般的经验，以为这一经验可以普遍适用于任何事务。思考的心智必定成为徒劳的精明牺牲品，而务实精神成为迂腐的局限性的牺牲品。因为前者站得过于高远，而后者又站得低矮。这种精神倾向的危害是显而易见的，而且还不仅限于知性和创造方面，它的影响所及也扩大

① 原词为"地上的维纳斯"和"天上的维纳斯"。

到人的感觉和行动。我们知道，心灵的感受性就程度而言与想象力的活泼性相关，就范围而言与想象力的丰富性相关。当分析能力占主导地位时，必定剥夺了想象的激发和威力，而对象领域的进一步受限必定减少其丰富性。抽象思维的人通常具有一颗冷静的心，因为他将印象分解成不同的部分，而印象只有作为一个整体才能打动人的心灵。实干家往往具有一颗狭隘的心，因为他的想象力被单调的职业圈子所限制，而不能用另一种方式看待事物。

我只是要揭示我们这个时代性格的不良倾向并追寻其根源，而不是要归咎于天性。我可以向您承认，对人性的肢解而言，个体得不到什么好处，然而这是人类进步的唯一方式。希腊人的人性无疑表现得最充分，它既不可能长期坚持，也不可能得到进一步升华。其不能维持下去的原因是知性通过已经积累的贮备必定要从感觉和直观中分离出来并追求认识的明晰性；其不能进一步进步的原因是一定程度的明晰性只能与一定程度的丰富和热情相适应。希腊人已经达到了这一境界，倘若他们要更文明，那么必须像我们一样，放弃本性的完整性，分别在不同的道路上去探索真理。

要发展人的各种素质，除了使它们彼此对立之外，别的任何办法都徒劳无功。各种力量的这种对立是文化文明的重要工具，但也仅仅是工具而已，因为只要这种对立存在，人类就处于通向文明的途中。只有把人身上的各种力量隔离开来并强行制定单独的规则，使它们与事物的真实相矛盾，才能驱使安于事物外部表象的常人去探究事物的本质。当纯粹知性试图篡夺感性权威时，经验知性却千方百计地使纯粹知性服从于经验条件，这两股势力达到尽可能成熟并占据了其领域内的全部范围。一方面，想象力敢于通过它的恣意放纵去解除束缚世界的秩序；另一方面，它迫使理性上升到认识的最高源泉，并求助于必然性的规律来遏制想象力的肆意妄为。

当然，片面地强调这些能力不可避免地会将个体引向歧途，却将人类引向真理。由此只是把我们精神的全部能量集中在一个焦点上，把我们精神的全部潜能汇合到一种能力上，如同我们为这种能力插上翅膀，使它远远超越自然给它设置的种种限制。的确，就整体而言，任何个体都不可能用自然所赋予他的目力观测到用天文望远镜才能观察到的木星的卫星。倘若不是理性分散到个别承受它的主体身上，人类不会对无限的时空进行分析或对纯粹理性进行批判，就好像把它从各种素材中取出用高度的抽象来观察无限的能力。但是，这种分解成纯粹知性与纯粹直观的精神能不能用想象力的自由活动来代替逻辑的严密束缚，用真诚纯洁的感官来发现事物的个性呢？这里，自然也专门为全面的天才设置了一个不可逾越的界限，只要哲学家的最高职责是在预防谬误而不是探求真理，真理就成了殉道者。

不论世界作为一个整体从培养人类才干的方法中获得多大的好处，我们不能否认的是，接受这种培养的个体在这种灾难中仍要承受痛苦。体育训练固然可以使身体强壮，但是只有让身体自由均衡地运动才能孕育美。同样，精神力量的积极发展可以培养非凡之人，但是只有各种精神能力的协调才能造就出幸福和完整的人。

倘若人性的培养发现必须做出这种牺牲，那么，我们将与过去和未来的时代处于怎样的关系呢？我们曾是人性的奴隶，为了它我们从事了长达几千年的奴役劳动，被摧残的本性留下了屈辱的痕迹——以便让后世盼到幸福的安乐和道德的健康，并使他们的人性自由地展现。

但是，人为此而注定会错失某一目标吗？难道自然会为了它的目的夺走理性本身为我们规定的完整性吗？为了培养特定才能而必须牺牲整体，这是一种谬论。或者，当自然法则力图逼迫这一趋势的时候，我们有责任通过更高的艺术来恢复被破坏了的本性的完整性。

第七封信

我们应当期待国家达到和谐状态吗？那不可能，因为现在的国家正是祸首。即使更改观念中所设想的国家，也不可能作为更好的人性的基础。相反地，它只能建立在更好的人性的基础上。因此，我要把现在的探讨回到之前我们暂时离开了的那个问题上。当今时代并没有为我们提供作为国家道德改善必要条件的那种人性形式，与此相反，时代向我们展示的是它的反面。如果我之前提出的各种原则是正确的，并且事实证明了我对当今时代的描述，那么除非是达到人类的内心不再分裂、人的本性得到了充分尊重的发展，从而能使他自己成为设计师并保证人类的现实成为理性的政治创造物。如果没有这些，我们仍然会把这种国家改革的各种尝试看作不合时宜，而把建立在这一基础上的希望看作是幻想。

自然为我们的道德发展规划了必经之路。只有在低级组织中原始力量的竞争逐渐缓和，自然才会塑造自然人的高贵教养。同样，只有道德者的原始属性与盲目冲动的对抗平息下来，对立已经停止的时候，人类才能发展其多样性。另一方面，只有当人的性格的独立性得到了保证，只有使对他人专制形式的屈从让位给庄严的自由时，人类才能够使其内在的多样性服从理想的一体性。如果自然人还处在不受任何法则的约束并滥用任性时，则不能给予他自由。文明人很少应用自由，他的自由意志也不该被剥夺。如果使自由的原则退让于野蛮、冲动，那么，自由原则的馈赠就成为对社会秩序的出卖。倘若把它与盛行的软弱和自然的局限联系起来，则熄灭了独立自主性和独特性最后闪现的一点火花，那么和谐的法则就变成了反对个人的专制暴政。

今天我们的首要任务是复原那已经堕落的时代性格。一方面要排除自然的盲目力量；另一方面要恢复它的单纯、真实和丰满，这个任务不是在一个世纪内就可以完成的。我承认，在此期间一些尝试可能在个别地方会获得成功，但人类的整体性状况绝对不会因此而有所改观。行为的矛盾将始终证明准则的统一性的不存在。在世界的其他地区，人们或许尊重黑人的人性；而在欧洲，人们却亵渎了思想家的人性[①]。旧原则依然存在，它却穿上了时代的外衣，哲学借用了教会的名义进行教会所批准的压迫。一方面，出于对自由的恐惧（在其最初的试探中自由总是被当作敌人），人类心甘情愿投入了奴役的安逸怀抱；另一方面，出于对迂腐的监护职责的绝望，人们回归到原始状态的粗野境遇中。篡夺以人性之软弱为借口，暴力以人性之尊严为借口，直到最终一切人间事物的伟大统治者——盲目力量——介入并像拳击手那样对这些原则的表面冲突进行裁决。

第八封信

因此，哲学是否应该沮丧而绝望地从这一领域中退出呢？当形式的统治日渐巩固时，却让一切天赋中最重要最宝贵的东西受到无形的偶然支配？在政治世界中盲目力量的冲突应该永久延续下去而社会的法则永远不能战胜敌对的自私自利吗？

绝对不是！理性本身固然不会与这种抵御了理性进攻的粗暴力量直接对抗，不像《伊利亚特》中农神的儿子（宙斯）亲临凄凉的战场战斗。但是理性会从战士中间挑选最有价值的人，像宙斯对他的天使那样，赐予其神器，并通过理性的勇气和无穷的神力获取伟大的胜利。

理性竭尽全力寻求并提出法则的时候，意志能量与激情是实行

---

① 此指北美的黑人解放斗争和欧洲对卢梭的迫害。

法则必不可少的。如果真理要在与各种力量的斗争中获胜，那么它本身必须成为力量，并找到人类的某种本能成为它现象王国中的拥护者。因为本能是感觉唯一的能动力量。如果说真理到现在尚不能证明它有决胜的力量，不是因为知性不能揭示真理，而是因为心灵对它关闭了，本能也对它敬而远之。

在哲学和经验之光面前，为什么普遍肆虐的仍然是人们的偏见？时代受到启蒙，换而言之，知识被发现并得以传播，它足以修正我们实践的原则。自由探讨的精神消除了长期以来阻塞通向真理之门的虚妄概念，并摧毁了建立在狂热和欺骗基础上的那些庙宇。理性将感官的迷误和欺诈的诡辩消除殆尽，曾经使我们背弃自然的哲学又在大声疾呼，要我们回到自然的怀抱，那么为什么我们还是不开化的人？

在人的心灵中还存在某些东西，它们阻碍我们接受真理（尽管真理是非常明确的），还存在某些阻碍承认真理的东西（尽管真理可以得到生动地确证）。一个古代智者已经看到这一点，这个道理就隐含在这一富有意义的格言中：勇气即智慧①。

要克服天性的惰性与心灵的怯懦为智慧所设置的障碍，就要有勇气的力量。古老的神话中全能的智慧女神脱胎于丘比特的头颅，这不是没有原因的。因为实现智慧引导要做的第一件事就是战斗。在她的诞生中已经与感性进行了艰苦的斗争，因为感性不想从甜蜜的梦中被唤醒。大多数人在与困苦的斗争中筋疲力尽，以致不能在与谬误的更艰巨的斗争中再次振作。如果他自己逃避思想劳作的艰辛，满足于让别人替他思考，倘若遇到了他内心激起更高的需求时，那么，他就会抱着信任的态度接受国家和教会为这种情况所准备的公式条文。如果我们对这种不幸的人表示同情，那么，我们就会对

---

① 贺拉斯（前65—前8年）诗体《书简》中的话。

另一部分人蔑视，因为他们有更好的处境，甘愿受基本生存需求的束缚。这些人不追求真理的光辉，却宁可要模糊概念的空想：这种真理的光芒会驱散他们迷幻的世界中的幻影，而在模糊概念的虚幻中人会感到更活跃，想象力可以随心所欲地构成适意的形象。正是在这种应该为知识所澄清的迷惘之上，他建立了自己所谓的幸福大厦。真理剥夺了他们所珍视的一切，难道他们应当为此付出如此巨大的代价？为了热爱智慧，他们应该成为智者，这些人已经感觉到的真理，就被称作哲学。[①]

因此，理智的启蒙只有在对性格产生影响时才值得被尊重，它离成功尚远。在一定程度上，这种启蒙的出发点就是性格，因为心灵是通向头脑之路。感受能力的培养是当今时代最为紧迫之事，这不仅因为它是一种提高人生洞察力的手段，而且它本身就会唤起洞察力的改善。

第九封信

然而，这里是不是构成了循环论证？理论上，开化必然要以实际的文明来襄助，而实际的文明又是产生于理论上开化的？政治领域的一切改善都应该从性格的高尚化出发——但是在野蛮国家制度的支配下，人的性格怎么可能高尚？所以，我们必须寻求一种国家没有为我们提供的工具，去找到不受一切政治腐化污染、依旧纯洁的源泉。

现在，我开始讨论我所致力于此的要点。这一工具就是美的艺术，在艺术不朽的范例中找到了纯洁的源泉。艺术如同科学，摆脱了一切独断者的成见，两者都为绝对避免人的专断而感到欣慰。政治立法者可以将艺术和科学放逐，却不能在这两个领域中支配一切。

[①] 这段话的依据来自毕达哥拉斯。

他可以驱逐真理之友，真理却永远存在。他可以凌辱和藐视艺术家，却不能伪造艺术，没有什么东西比科学和艺术更忠于时代精神。艺术创造乐趣并从判断艺术乐趣的批评家那里接受法则。在时代性格变得乖张或者沉闷的地方，我们可以看到，科学固守着它的疆界，艺术却陷入规则的沉重桎梏中。时代性格松散或温和时，科学就惹人喜爱，而艺术就尽力向人们提供愉悦。自古以来，哲学家和艺术家一直在努力将真理和美注入芸芸众生的心灵深处。真理和美却以不可摧毁的生命成功地显现出来，并胜利地脱离了深渊。

时代造就艺术家，但如果这个时代之子是时代的门徒甚至是时代的宠儿，那他就并非是幸运儿。仁慈的神及时地把婴儿从母亲的怀中夺走，用更好的时代的乳汁来喂养他，并让他在遥远的希腊天空下成长。当他长大成人，他以一种不同的姿态回到自己的时代。然而，他的到来不是为了取悦时代，而是像亚加米农①的儿子那样艰辛地净化这个时代。虽然艺术家的素材是由现在的时代取得的，而他的形式却是从一代人甚至几代人取得的，是从他的本质的绝对不变的统一性中取得的。美从世外自然的纯净中涌流出，从几代人或几个时代的阴暗旋涡中翻滚，但污浊不会将它玷污。时代情绪可以玷污它的内容，也可以使其高尚化，但是纯洁的形式却能够避免这种变化。公元1世纪的罗马，人们已经长期对他们的皇帝表示臣服，神的石像依然高高竖立，神灵早已成为笑料，但寺庙依然占据神圣的地位。尼禄②和康茂德③的丑行本用宫殿遮羞，但这个建筑物的高

---

① 亚加米农为迈锡尼王，曾发动特洛伊战争，为希腊联军的统帅。
② 尼禄（公元37—公元68年）于公元54—公元68年执政，古罗马朱里亚·喀劳狄王朝的暴君，后被迫自杀。
③ 康茂德于公元180—公元192年执政，古罗马安敦尼王朝的最后一个皇帝，凶狠残暴，后被杀。

雅与他们背道而驰。人性丧失了尊严，但是艺术拯救了它，并把它保存在意义深刻的大理石中。真理在艺术形象中得到永生，在复制品中又得以重生。正如高贵的艺术比高贵的自然有更长久的生命力一样，由灵感塑造和唤起的艺术也走在自然前面。在真理把胜利之光投向心灵深处之前，诗歌捕捉到了它的光芒；当山谷深处还被阴暗潮湿的夜晚所笼罩时，曙光就已在人性的山峰闪现了。

　　艺术家如何在时代的污浊面前保护自己呢？那就要蔑视时代的判断，他要仰视尊严和法则，而不俯视富足与需求。他既要摆脱瞬间留下自己痕迹的虚荣，同时也要摆脱迫不及待将艺术的绝对尺度加诸时代的狂热，把现实的领地留给知性，而艺术家努力从可能性与必然性的结合中创造出理想。他把理想铭刻在虚构与真实中，铭刻到想象力的游戏中以及行动的真情实意中，铭刻在一切感性与精神的形式下并默默地把理想投入到无限时空中。

　　然而，不是每一个心灵燃起理想火花的人都能以创造的沉着和持久的耐心把理想铭刻于无言之石上或注入质朴的文字中，或将理想托付给时代的忠实之士。用这种平和的手段把本能与创造力量直接置于当今时代与实际生活中，试图把无形的物质转化为道德的世界，这样做过分急躁了。对富于感性的人而言，他可以更深切地感受到人类的不幸和屈辱。燃烧的热情、炽烈的欲望在充满力量的心灵中迫不及待地要求行动。但是他也要自问，道德世界的这种混乱是否伤害了他的理性，或者是否让他的自爱之心感到痛苦？如果他还不明白这一点，那么他将通过追求能够迅速明确结局时的冲动去发现它。纯粹的道德冲动指向绝没有时间概念，只要未来是由现在的必然发展而来的，未来就变成了这种冲动的现在。在毫无限制的理性面前，有了方向也就预示着成功；只要开始踏上征程，那么道路就一定畅通无阻。

　　如果一个热爱真理与美的年轻朋友问我，他怎样顶着时代的各种阻力去满足他胸中升腾的高贵向往，我会回答：为你意欲影响的世界指出向善的方向，从而平和的进程会带来你要的结果。如果你通过教诲令时代的思想向必然与永恒靠近，如果你通过行动或创造把必然和永恒转化为你追求的目标，那么你已然为世界指出了前进的方向。妄想和任性建立起来的大厦已经倾斜并即将坍塌；而且只要你已经确信它摇摇欲坠，它已然坍塌。它不存在于人的外部，而是存在于人的内心。你应该在你的朴素心灵中培育必胜的真理，把它从心里显示到美的世界中去。这样，不仅你的思想可以忠于它，你的感官也能爱抚地获取它的形式。当它在你的心灵中确立了理想的保护者之前，不要让它冒失地进入现实世界，以免从现实世界拿走你所提供的范例。同自己的时代生活在一起，但不要成为它的产物。给予你的同时代人以他们所需要的东西，但不提供给他们所赞赏的东西。不要去分担他们的过错，而要以高尚的情操去分担他们的困难，心甘情愿地屈从于他们所难以逃脱又难以承担的奴役。用你回绝他们所追求幸福的坚毅勇气来证明，并不是因为你怯懦才去分担他们的苦恼。当你要影响他们时，你得设想这种影响会对他们造成什么后果；当你试图为了他们而去行动时，你要按照他们实际的样子来设想。通过他们的尊严去寻求他们的赞同，但是为了他们的幸福，你要将他们的卑劣记录在册。因此，用你自身的高贵去唤起他们的高贵，同时，他们的卑劣并不会泯灭你的目标。你严肃的原则会使他们对你望而生畏，但是在游戏中他们会受到原则的潜移默化的影响。他们的鉴赏力比他们的心灵更纯洁，在审美趣味的世界里，你必须抓住这些胆怯的逃兵。你不需要攻击他们的准则，也不必指责他们的行动。但是你可以就他们的懈怠和堕落显示一下你的创造能力。你应该把他们的放逐任性、轻浮和粗俗剔除，潜移默化地从他们的行动中及他们的志趣中驱除这些劣根性。无论在何处，都使他们周围充满着高贵、伟大和精神丰富的形式，直到外观战胜现实、艺术战胜自然为止。

第十封信

通过我前面书信的内容可以知道，您与我在这一点上保持着一致：人会走上两条不同的道路，我们的时代实际上正在这两条路上彷徨，或者沦为卑劣，或者懒散和堕落。我们的时代应该通过美将人由这两条歧途引上正路。美何以能同时补救这两种相反的缺点，把这两种对立的特性在自己身上得到统一？它能够束缚野人的天性，也能解放野蛮人的本性？它能否同时达到紧张和松弛？——如果它实际上解决不了这双重的矛盾，那么，我们怎么能期待它完成人性培养这样巨大的任务呢？

诚然，我们已经听厌了这种观点，就是说发达的美感可以改良习俗，这似乎无须再做证明。依靠日常的经验我们得到结论：修养通常与知性的明晰、情感的活跃、自由思想以及行为的庄重联结在一起，而缺乏修养的人却与此相反。人们甚至用古代最有教养的民族——希腊人作为例证，他们将美发展到了最高峰，而在原始的民族或者半野蛮的民族那里却不乏相反的例证，由于粗野或冷酷而美的感觉迟钝。有时一些思想家会有这样一些想法：或者否定这一事实，或者怀疑由此得到的结论的正确性，他们既不把这些民族的那种原始性看得如此之坏，也不把开化的民族看得如此之好。在古代已经有人认为美的艺术谈不上善行，因此阻止艺术想象力进入他们的共和国。

我指的并不是那种因为没有受到它的恩惠而嘲弄它的人。这些人除了谋利的辛劳与实际利益之外不知道有别的价值尺度——他们怎么可能赞赏为人的外部及内心鉴赏力默默地奉献呢？开明文化的偶然缺陷让他们对其重大优点视而不见。缺乏形式感的人把演说言辞的优美当作谄媚，把交往中的文雅蔑视为虚伪，把行为中的大方和庄重蔑视为装模作样。这种人不会为此而原谅女神的宠儿——他作为社会活动家使所有人感到欢畅，作为实业家使所有人感到心悦诚服，作为作家使自己的整个世纪都刻上时代的烙印，而他作为勤劳的牺牲品以他的全部知识也不能引起任何人的注意，甚至移不动一块砖石。因为他绝不会从对手那里学会使人感到惬意的独特才能，所以留给他的除了对喜欢外观胜于喜爱本质的人性的惋惜之外，就没有别的了。

　　但是有一些人的观点倒值得我们关注，他们否定美的作用并从经验中找出了可怕的根据。他们说："不可否认，美的魅力掌握在好人手里就会更加充满魅力，但是它不会违背自己的本质，落入坏人之手会产生相反的结果，会把它对心灵的吸引力用于错误和非正义的事。其之所以如此，是因为品位只注重形式而不注重内容，从而将心灵引向危险的处境，完全忽略一切实际，只迷恋迷人的外衣而忽视真理和道德，不重视事物实质的区别，只以外观决定事物的价值。"他们接着指出："许多有能力的人并未为了美的诱惑而放弃严肃和努力的行为，至少他们没有被引诱去草率地行动！许多意志薄弱的知性仅仅为此而和公民的习俗格格不入，因为诗人流于幻想而建立了这样一个世界，使其中的一切都迥然不同。在这里没有习惯的限制，没有艺术的压制。自从各种情欲在诗人的描绘中用最耀眼的语词进行夸耀，在与法则和义务的斗争中通常建立了自己的领地，难道各种情欲没有学会任何危险的辩论术？现在，美为由真理支配的社会交往提供法则，受人尊重的程度也由外在印象决定，这给社会带来了什么呢？的确，人们看到现在各种道德欣欣向荣，在表面现象中产生了种种显著的效果并在社会中被赋予一种价值，但是，由此使一切纵欲蔓延，使所有恶心肆虐，它们都披上了一种美的外衣。"这些应当引起我们的反思，几乎在每一个艺术繁荣、鉴赏力支配一切的历史阶段，人们都会发现人性的沉沦，但也可以举出并非个别的例证，说明在任何一个民族中审美文化的高度发展和极大普及与政治自由和公民道德、社会美德与好的道德、行为的光辉与行为的真理都是齐头并进的。

在雅典和斯巴达还保持着自己的独立性，他们对法则的尊重作为立国基础时，鉴赏力还远远达不到成熟，艺术还处在幼儿期，还远远未达到美可以支配人们的心灵的地步。虽然诗歌艺术已经达到异常的顶峰，但只是靠了天才的翅膀。我们知道天才与未开化有关，是在黑暗中才闪现的光芒。它的出现不能代表时代的鉴赏力，它甚至是为了反对时代的鉴赏力而应时而生的。当伯里克利和亚历山大时期艺术的黄金时代到来的时候，鉴赏力的统治扩大到更广阔的范围，希腊国家的力量和自由已几乎消失：真理被雄辩歪曲，在苏格拉底的嘴里智慧捍卫着智慧，在佛雄①的生活中美学是犯罪。众所周知，罗马人首先在国民战争中几乎用尽了全部的力量，在我们看到希腊艺术战胜了他们性格的刚强之前，受东方奢侈之风的影响大势已去，而屈从于一个幸运君主的奴役之下。阿拉伯战斗力量在阿拔斯王朝的基础衰败下来以后，文明才出现曙光。近代的意大利，美的艺术同样是出现在伦巴第②的神圣联盟破裂之后，佛罗伦萨服从于美第奇家族③；当那些勇敢的城市独立的精神让位于不光彩的屈服时，美的艺术出现了。再以现代国家为例证，说明在同样的情况下，文明程度是随着自由度的下降而提高的。在古代世界中，我们会发现鉴赏

---

① 佛雄（公元前 402—公元前 318 年）政治家、雅典将军，后被民主派处死。
② 位于意大利北部的城市。
③ 美第奇家族曾是意大利佛罗伦萨地区的名门望族。

力和自由各自规避，美只是在英雄道德堕落时才建立起它的统治。

这种以牺牲审美性格力量建立审美文化正是人身上所有伟大和卓越事业的最有效的原动力，任何巨大的优势都不能弥补它的缺位。倘若我们只从现在的经验中估量美的影响力，那么，我们必定不会竭尽全力去培养对人的真正教养有威胁的感性。人们宁肯不顾粗野与强硬的威慑而舍弃美的融合力，也不愿看到人类本性遭受萎靡不振的影响。但是，经验不适合决定这一问题，在审视证据以前，人们并不怀疑我们所谈论的美学与之前所证明的例子相同。看来，首先要明确的概念，这一概念除了根据经验之外还有其他的来源。因为通过这一概念我们才能弄清楚，在经验中称为美的东西是不是有理由承受美这个名称。

倘若需要指出这一概念，那么美的纯粹理性概念只能以抽象的方法去探求，并可由感性与理性本性的能力中得出推论，因为它不能从实际的事例中获得，而是要依靠它来指导和调整我们对各种事例的判断。总而言之，美只能表现为人性的一种必要组成部分。我们现在必须提高到人性的纯粹概念上，因为经验只是说明个别人的个别状态，而绝不能表现整个人类。因此，我们必须从个体的、变化着的表现方式中发现绝对和永恒的存在，尝试通过排除一切偶然的限制来获取人性存在的必然条件，虽然这种先验的方法会暂时让我们摆脱现象常规的圈子和事物的生动显示，而停留在抽象概念的纯粹领地，但是我们要寻求认知不可动摇的牢固基础，如果不敢突破现实，就绝不会探求到真理。

第十一封信

抽象上升到一定高度，就会得到两个概念，它们使抽象终止并呈现其区分的界限。抽象，在人的身上，可以区分出持久不变的东西和经常变化的东西，恒定不变者称为人格，频繁变动者称为状态。人格和状态即自我与源自于"我"的规定性。只有在必然的存在中我们才能将这两者看作是同一的，而在有限的存在中则永远是两个东西。状态在人格的不变中变化，人格在状态的变化中不变。我们始终保持着我们自己的样子——从静止到运动，由慷慨激昂到漠不关心，从和谐到矛盾。在绝对的主体中，人做出的决定取决于人格，因为这些规定性本身来自人格。神性所具有的一切，人格也都具有，因为它就是人格。它之所以具有永恒性，是因为它是永恒不变的。

作为有限存在的人，人格不同于状态。因此，我们既不能把人格作为状态的基础，也不能把状态当作人格的基础。倘若是后一种情形，人格就会产生变化；倘若是前一种情形，那么状态就会保持恒定。在任何一种情况下，就都不存在人格和有限性了。不是因为我们思考、愿想和感觉，我们才存在；也不是因为我们存在，我们才会思考、愿想和感觉。我们有感觉、思考和欲望，是因为在我们的存在之外有另外的存在。

因此，人格必须建立于自己的基础之上，因为永恒不会产生于变化，这种对我们来说处于首要的东西就是绝对的、以自身为基础存在的观念，即自由。状态必然也有其基础，它不是通过人格来实现的，所以，它不是绝对的，这种对我们而言处于第二位的东西就是一切赖以存在或形成的条件，即时间。"时间是一切变化的条件"，这句话可以说明上述观点，即"演替是某些事物产生的条件"。

人格在恒定的自我中显示自我，它只在内心深处，不能以时间为开始。正好相反，时间以人格为基础，因为一切变化都以恒定不变为依据。倘若存在变化，那就必须有某些东西在变化，而不是其本体在变化。当我们提到花开花落的时候，我们是把花看作变化中恒定的存在，用它来比作人格，从中表现出花开、花落两种状态。

毋庸置疑，人会出生、长大、失去，这是变化，人不单纯是一般的人，而是处在一定状态中的人。在时间中我们已经形成了特定的状态，因此，人作为一种现象必然有一个开始，尽管他身上的纯粹理智是永恒不变的。没有时间就没有变化，人就不会是特定的存在，他的人格存在于天赋中，而不会存在于实在中。只有通过他的持续不断的表现，才能显现出不变的自我。

因此，人首先要感知到最高智慧自身所创造的活动之物或实在性，而且，人只有通过知觉把其当作在空间上存在于自身以外、在时间上在自身之内变化之物，才能感知到它们。在他自身之内变化着的东西伴随着他不变的自我——在各种变化中他的自我都是恒定的。将各种知觉转化为经验，即转化成认识的统一体，把他在时间中的诸种表现方式构成适用于一切时间的规律，是通过其理性本性所赋予他的规则。只有人在变化的时候，他们才存在；只有人保持恒定不变的时候，他的人格才存在。要想在变化的潮流中成完美的人，则应该永远保持恒定不变。

我们知道，有一种无限的存在物，即神性，我们只能称之为具有神性的倾向，这种倾向的无限使命是神性最根本的标志，即权能（所有可能的现实性）的绝对性体现和表现（所有现实事物的必然性）的绝对统一。毋庸置疑，人自身的人格中具有这种趋于神性的禀性，通向神性的道路，倘若我们可以把这条永远不能抵达目标的路称为道路的话，需要从感性开始。

离开一切感性来看人的人格，那只不过是一种可能具有无限表现的灵智，只要人不观照它和感觉它，它就是一种形式和空洞的权能。如果离开精神自发性来看人的感性，感性只不过是一种素材，因为没有感性，人就只是形式，但绝不会把人与物质结合在一起。如果人仅仅停留在感觉上，仅仅是在渴求某种东西或把行动停留在某种欲求上，人就只存在于物质生活中，这里我们把世界理解为存在于无形式内容的时间中。只有人的感性才能使他的能力转变为行动力，但也只有在他的理性人格之上，这些活动才能成为他自己的活动。所以，为了使自己不仅是作为物质存在，人必须赋予物质以某种形式；而为了不只是一种徒具形式或空洞的物，人必须将自己的天赋禀性具化成实在。创造时间，将变化与恒定对立起来，使人的自我永恒与物质的多样性相对立，他就将形式赋予了物质；排除时间，维持变化中的恒定，使物质的多样性服从人的自我的统一，人就将形式具化成了物质。

由此产生对人的两种相反的要求，它们是感性和理性的两种基本法则。前者要求绝对的实在性，它把形式具化为物质，使人的一切素质表现出来；后者要求绝对的形式性，它要把物质的存在消除在人的自身之内，使人的一切变化处于和谐中。换言之，人必须把一切内在的东西外化，把一切外在的事物赋予形式，这两项任务的充分实现就可以归结为我们开始时提到的神性概念。

第十二封信

为了完成双重任务，即把我们自身之内必然的东西转化为现实，并使我们自身之外现实的东西服从必然性的规律，我们受到两种相反力量的驱策。因为它们推动我们去分别实现目标，所以我们可以非常恰当地称它们为"冲动或本能"。前者称为感性冲动，它是从人的物质存在之天性中自然而然地产生的。它把人置于时间的限制之内，并使人成为物质的存在。不是给人以物质，因为这已经属于人格的一种自由活动，这种活动承受物质并和恒定不变的自身相区别。在这里，物质无非是在时间中完成的变化或者实在。所以，这种冲动不但要求变化，而且要求时间具有内容。单纯占有时间的这种状态被称为感觉，它只是由它本身表明人的自然存在。

因为存在于时间中的事物都是相继的，因而，一旦确定一些事物的存在，其他一切事物的存在就被排除了。当人在乐器上弹奏一个音符时，只有这个音符在所有可能发音的音符中是现实的。当人在感受现实的时候，他规定的全部无限可能性就只限于这种个别的存在方式。有这种冲动起作用的地方必然存在最大的局限。人处于这种状态中，好比度量中的一个单位级、时间中的一瞬——或者，更确切地说，人不存在，因为只要人受感觉支配，被时间俘获，他的人格也就被废弃了。

只要人是有限的存在物，感性冲动的领域就会不断扩展。因为所有的形式只有在物质上才能够呈现，所有绝对的事物只有通过限制的媒介才能够得到呈现。因此，人性的全部表现都与感性冲动紧密相连。虽然感性冲动只唤醒和发展了人性，但只靠它是不现实的。感性冲动用坚韧的纽带把努力向上的精神捆绑在感性世界上，把有着无限自由的抽象拉回到现时的界限之内。虽然思想可以暂时脱离这种冲动，坚强的意志也可以在抵制它的要求时取得暂时的胜利，但是不久被压抑的本性就会重新主张它的权力，让存在回到实在，使我们认识的内容和我们的活动恢复到充满物质性的、可认知的，且有了目标的状态。

两种冲动中的第二种冲动，我们称之为形式冲动。它产生于人的绝对存在或理性天性，力图使人处于自由之中，使人表现的多样性处于和谐中，在状态的千变万化中保持其人格的恒定。因为人格作为绝对不可分割的统一体绝不会与自己本身相矛盾，因为我们永远是我们自身，所以，那种要求人格不变的冲动除了要求永久性之外别无他求。因此，它此刻决定是永远的决断，它为现在的命令是永久的命令。因此，它囊括了整个时间序列，也就是说，它摒弃了时间，杜绝了变化，它要使现实的事物成为必然和永恒，并且使永恒和必然事物成为现实。换言之，真实性和合理性是这种冲动的诉求。

如果第一种冲动只提供事件，那么，第二种冲动就提供法则——当涉及认知时，它就是各种判断的法则；当涉及行动时，它就是各种意志的法则。当我们认识一个对象，我们赋予主体的状态以客观有效性；当我们根据认知来行动，我们把客观事物作为我们的状态规定的根据——在这两种情况下，我们都是把某种状态从时间中夺回来，并使这种状态对一切人和一切时间都成为实在，也就是说具有普遍性和必然性。感觉只能说："对于主体和时间，都是实在的。"而对其他主体和其他时间，当前感觉的这一判断则可能被取消。但是，当思想说："这是存在的。"那么，它是永久性的决断，它决断的有效性通过人格本身来担保，人格拒斥了一切变化。爱好只能说："这对你个人和你现在的需要是好的。"但你个人与你现在的需要将随着变化而消逝，现在你所强烈追求的有一天或许会成为你所厌恶的。但是，如果道德情感宣告："这应当存在。"因此它成为永恒的决断——要是你因为这是真理而皈依真理；要是你因为这是正当的而将其付诸实践，那么你已经用个别事件的法则来对待一切行事的准则，你生命中的瞬间变成了永恒。

所以，在形式冲动支配一切、纯粹客体在我们的内心起作用时，存在就会得到最大限度地扩大，人由贫乏的感性所限定的数量统一体提高到容纳整个现象领域的观念统一体。在这一过程中，我们不再处于时间之中，时间则以其整个无限的序列处于我们之中。我们就不再是个人，而是人类。所有精神的决断都是通过我们自己做出的，所有内心的抉择都是由我们的行动表现出来的。

第十三封信

初看起来，这两种冲动的倾向彼此完全对立，一种始终在变化，另一种始终保持恒定。这两种冲动完全说明人性的概念，而能够调解这两种冲动的第三种冲动——基本冲动——则是一种不可思议的概念。所以，我们如何才能恢复被这两种对立的倾向破坏了的人性一体性呢？

的确，这两种冲动看似是矛盾的，但不难看出，它们不在同一个主体中。不相遇的事物是不会发生矛盾的。感性冲动不要求把变化扩展到人格及其领域，不要求改变原则。形式冲动寻求一体性与恒定时，并不要求状态也随着人格而保持不变，并不要求感觉是同一的。所以，在本性上它们并不是相互对立的。倘若它们看起来是对立的，那么，只是由于它们忽视了自身并扰乱了彼此的领域而违背了自然。

文明的任务就是从两者出发，保证这两种冲动处于各自固有的范围内。所以，文明应当使二者具有同等的权力，不要对着感性冲动。因此教养承担着双重的职责，首先，是要使感性避开自由的干扰；其次，要使人格远离感觉力量的支配。通过培养审美以完成第一个职责，通过培养理性观念以完成第二个职责。

世界在时间和变化中发展，因此这种把人与世界连接起来的功能若是完善的，它就必然在最大程度上拥有可变性和可延性。因为人格在变化中是恒定的，所以，那种和变化对立的功能的完善性必然具有极大的自由性。感受性的方面越多，这种感受性越灵活，它对各种现象提供的表象就越多，人就越能把握世界，并且人自身的天赋得到发展。相应地，人格获得的力量与深度越大，理性获得的自由就越多，人就可以更多地理解世界，越能将形式具化、外显。

因此，人的修养就在于：一方面，使人的感受功能更多地接触世界，从而在情感方面充分发挥主动性；另一方面，使确定功能保持对感受能力的最大独立性，并在理性方面充分发展能动性。结合这两种特性，人就会兼有最饱满的存在和高度的独立与自由，他就不会失去世界，而是以其现象的无限性将世界纳入到自身之中，并使之服从于他的理性的统一体。

这时，人或许会颠倒这种关系，此时这两条路就走不通了。人可能把能动力量表现出的强度置于被动力之上，使物质冲动处于形式冲动之上，把感受功能视为决断功能。人也可把受动力的可延性归于能动力，使形式冲动侵占了物质冲动，从而让感觉功能代替决断功能。在第一种情况下，人就绝不再是他自己；在第二种情况下，人就不复存在了。因此，在这两种情况下，他既不是前者也不是后者，而是成为非实体。

倘若感性冲动具有决断的功能，那么，感性冲动就成为立法者。物质世界压制人格时，人就失去了其作为客体存在的所得。可以说，人只是时间的内容时，他就不存在了并且不再具有内容。人的状态与他的人格一起消失不见，因为这两个概念是相互关联的。因为状态与人格是相关联的——有限的实体就意味着有无限的实体。倘若形式冲动有感受功能，也就是说，思想先于感觉，人格先于其自身并代替了物质世界，人便不再作为主体，人也失去了作为主体所得的自主性。因为恒定包含了变化，实在也需要有所限制才能显露自身。一旦人只是形式，那么，他就不具有形式，并随着状态消失了。总而言之，只要人是独立的，实在就处于他的自身以外，人才能感受。只要他有感受，实在就在他自身之内，他才是一种思维的力量。

因此，两种冲动需要加以限制，并且只要把它们作为力量来看待，冲动就需要缓和。感性冲动不要进入立法的领域，理性冲动不要进入感觉的领域。感性冲动的缓和绝不能是肉体无能为力与感觉迟钝的结果，这在任何地方都是值得蔑视的。它只能是一种自由的行动，同时只能是人格的一种活动，这种活动通过道德的强度削弱了感性的强度，通过对印象的支配减轻印象的深度而拓展印象的广度。气质的界限是性格确定的，因为只有依靠精神才能使感性丧失。形式冲动的缓和同样不是精神无能为力与思考力或意志力懒散的结果，这只能造成人性的退化。它荣耀的源泉来自于感觉的丰富，感性本身必定要以决胜的力量守卫自己的领域，并抵抗精神随时发起的进攻。总而言之，物质冲动必须靠人格来遏制，形式冲动必须靠感性或天性维持自己的范围。

第十四封信

现在，我们了解到这两种冲动的相互关系。一种冲动的活动为另一方奠定了基础，也对其加以限制，每一种冲动正是通过另外一种冲动的活动来达到它的最高表现。

的确，两种冲动的这种相互关系只是理性概念，只有在人生存的完善状态中才能彻底解决。这是人性的基本概念，人只能在时间的过程中不断接近它，却永远不能达到。"人不应该牺牲他的实在以追求形式，也不应该为了追求实在而牺牲形式。人应该通过特定的存在追求绝对的存在，通过无限的存在追求特定的存在。人应当面对世界，因为他是人；并且作为人，他就要面对着世界。因为他有意识，因此他就得感受；人在感受，其自身就必定有意识。"只要满足两种冲动的一种，或者在满足一方后再满足另一方，那么，他就绝不会懂得这个概念的意义。因为如果他仅是感受，他的绝对人格或绝对与存在对他而言就是一种隐匿；如果他仅是思考，他在时间中的存在或状态对他而言就依然是一种秘密。但是，当人同时具有这两种体验，当他同时意识到自由与存在，当他同时感知作为内容的存在与自身作为精神存在的话，那么，在这些情况下并且只有在这些情况下，人才具有自己人性的完整直觉，并能纠正自觉的客体，便成了他完整命运的象征，因此，成为无限存在的表现（因为这只有在时间的整体性上才能达到）。

假如在经验中可以出现这种情况，它们就会在人的身上引起一种新的冲动。之所以是新的冲动，是因为另外的两种冲动在人身上同时发挥作用产生了它，它和其中每一种都是不一致的，所以有理由把它当作是一种新的冲动。感性冲动要有变化，使时间具有内容；形式冲动要排除掉时间，使之保持恒定。这种新的冲动，结合了那两种冲动（在我们尚未论证这一名称前，请允许我暂时称它为游戏冲动）。游戏冲动的目标是在时间中消除时间，使形成和绝对存在相协调，使变化和统一相协调。

感性冲动要被决断，它要感知自己的对象；形式冲动要自主决断，它要创造自己的对象。游戏冲动将试图像它自己所产生的那样来感受，并像人的感官所感受的那样来产生对象。

感性冲动在自己的主体中拒斥了一切自主和自由，形式冲动则拒斥了一切依从性与受动性。但是，自由的排除是自然的必然性，受动的排除是道德的必然性。因此，两种冲动都强制精神。不同的是，前者压制了自然法则，而后者压制了理性法则。在游戏冲动中，两种冲动的作用结合在一起，同时在道德方面与自然方面强制精神，因为它排除了一切偶然性与一切强制性，使人在物质方面与道德方面都达到自由。当我们满怀热情地去拥抱一个我们本应轻视的人时，我们就深切地感觉到自然的强制。当我们对一个值得尊敬的人流露出敌视之意时，我们就痛苦地感到理性的强制。如果一个人既能赢得我们的喜爱，又能博得我们的尊敬，那么，情感的压力和理性的压力就同时消失殆尽，我们就开始喜欢他，换言之，我们会带着喜爱和尊重与他游戏。

此外，当我们在物质上受到感性冲动的强制并在道德上受到形式冲动的强制时，那么，前者令我们的形式特性变成偶然，后者令我们的物质特性变成偶然。简而言之，我们的幸福是否与我们的完整性具有一致性，或者我们的物质特性是否与我们的形式特性具有一致性，都成了偶然。因此，把两种冲动结合在一起的游戏冲动，将同时使我们的形式特性与物质特性成为偶然，同时也使我们的完整性与幸福成为偶然。因为游戏冲动使两者成为偶然，因为偶然性随着必然性的消失而消失，所以它将去除掉两者之中的偶然性，使形式进入物质的范畴，使实在进入形式的范畴。它愈对感觉与情感产生动态影响，就愈使感觉与情感符合理性的观念；它愈从理性的法则中剥离道德的强制，也就愈使理性的法则与感性的兴趣相协调。

第十五封信

通过一种并不轻松的方式，我把您引向更加接近的目标。倘若您愿意继续与我同行，不久就会豁然开朗，看到美丽的风景，这一生动的景象将是您的旅途辛劳的回报。

用一个普通的概念来说明感性冲动的对象，那就是最广义的生命。这个概念指全部物质存在和一切直接呈现于感官的东西。形式冲动的对象也用一个普通的概念来说明，就是同时用本义和引申义的形象，这个概念包含事物一切形式方面的性质以及它与各种思考力的关系。游戏冲动的对象用一个普通的概念来说明，可以叫作活的形象，这个概念指现象的一切审美性质，换言之，就是最广义的美。

根据这种解释，倘若美是这样的，那么，它就既不延伸到整个生物界，也不仅限于生物界。一块大理石尽管始终是无生命的，却能由建筑师与雕塑家把它变为活的形象。尽管一个人有生命和形象，却不就此论定他就是活的形象。若成为活的形象，那就需要他的形象就是生命，而他的生命就是形象。如果我们只联想到他的形象，那形象是没有生命的，仍是单纯的抽象；如果我们还只是感知到他的生命，那生命就还没有形象可言，还只是简单的印象。只有当他的形式活在我们的感觉里，他的生命在我们的知性中取得形式时，他才具有活生生的形象。无论何时，这都是我们对人的审美标准。

我们了解了美的那些构成，但是这些尚不能说明美产生的源头，因为我们还需要对那种结合本身有所了解，这种结合对于我们而言如同在有限和无限之间的各种相互作用一样，还缺乏足够的研究。理性由先验为基础做出如下要求：在形式冲动和感性冲动间应当有某种联系即游戏冲动，因为它是实在和形式的统一、偶然和必然的统一、被动和主动的统一，它使人性的概念得以完善。它必定申明这种主张，因为它就是理性。因为就其本质而言，它要求完满并排除所有限制，这一种或另一种冲动的单独活动不能形成人性的完整，并会对人性形成一种限制。因此，只要理性表明人性应该存在，那么它就同样由此提出这一规律；只要理性告诉我们有人性存在，我们就清楚有美存在。不论是理性还是经验，都不能告诉我们怎样才是美，怎样才使人性存在。

据我们所知，人不只是物质，也不只是精神。所以，作为人性的完美实现，美既不能像那些过分执着经验证据的敏感观察家所主张的那样，美单单只是生命（当今时代的鉴赏力总是试图把美降低为生命），也不能像那些与经验颇有距离的艺术家和在解释美时受艺术影响而爱幻想的艺术家所认为的那样，美只是形象。美是这两种冲动的共同对象，也就是游戏冲动的对象。这个名称完全符合语言的习惯用法，通常游戏这一名词表示凡是在主观与客观方面都不是偶然而同时又不受外在和内在强迫的事物。心灵在美的直观中处于法则与需要之间恰到好处的位置，正因为它介于这两者之间，它才避免了规律与需要的强制。物质冲动与形式冲动在它们的要求上都是真真切切的，因为在认知上，前者与事物的实在性相关联，后者与事物的必然性相关联；而在行动上，前者的目的在于维持生命，后者的目的在于维护尊严，两者都旨在真实与完美。当尊严与生命混为一体时，生命就无关紧要了。只要爱好开始发挥作用，责任就不再是强制的了。同样，只要事物的现实、物质的真理与形式的真理和必然性的规律相结合，心灵便会更自由地、冷静地接受它们。只要直觉能够与意志相伴，就不会再感到抽象难以接受了。总而言之，当意志与观念交流时，所有实在就失去了它的价值，因为它变渺小了；当意志与感觉相联系时，必然也失去了它的严肃价值，因为它变轻松了。

但是，您或许早就想要对我进行反驳，说我把美当作简单的游戏，将它与"游戏"一词通常所指的那些轻薄对象等同起来，这对美不是一种贬低吗？如果我们把它限制为单纯的游戏，那不是与作为教养工具的美的理性概念与尊严相矛盾吗？那不是与游戏的经验概念相矛盾吗？这种游戏可以排除一切审美趣味而存在，还单纯限于美吗？

在人的各种状态下，正是游戏，也只有游戏，才能使人达到完美并同时发展人的双重天性，但把它叫作单纯的游戏是为什么呢？按照您的概念，您把这看作是限制，但是依据我已有的证明，我认为这是一种扩展。所以，我倒宁可反过来说，只有对于愉快的、美好的和完整的东西，人才是认真的。但是，对于美，人却和它游戏。的确，我们在这里不能想到流行于现实生活的那种游戏，通常它只是针对真正物质的对象。不过，我们在现实生活中去寻找这里所谈的美也将徒劳无益。现实存在的美与现实存在的游戏冲动彼此相配，但是理性提出的美的理想也给出了游戏冲动的理想：这种理想应该在人的一切游戏中有所显现。

如果人在满足游戏冲动的道路上去追求美的理想，那么人就不会迷失方向。希腊人在奥林匹克运动会进行力量、速度、灵巧的非流血竞赛中，在才能的高尚竞技中才能感觉到愉悦，而罗马人却热衷于角斗士比赛或与利比亚对手的决死角斗，我们便能理解，为什么我们不从罗马那里寻求维纳斯、朱诺和阿波罗的理想形象，而却要从希腊那里来寻求这些形象的原因。理性告诉我们：美不应只是生活，也不应只是形式，而是活的形象。换句话说，只要美向人表明绝对形式性和绝对实在性的双重法则，美就是存在的。因此理性表明：人与美只应是游戏，人应该只跟美一起游戏。

归根结底，只有当人在完全意义上是人时，他才可以游戏；只有当人游戏时，他才是完整的人。从表面来看，这一命题似乎不合情理，但当我们把这一命题用于责任和命运这两种严肃事情的时候，它将有深刻的意义。我可以向您保证，它将会支撑起审美艺术与更为艰难的生活技艺的整个体系。然而，只有在科学中这一命题才是预料不到的，在希腊人的艺术情感中，在他们最优秀的大师们那里，这一命题早就存在并发挥作用。只是他们把本来应该在人世间实现的事转移至奥林匹斯山上。由这一命题的真理所引导，他们不仅抹去了世人面颊上因辛苦劳作而增加的皱纹，使其不会有喜怒哀乐不会喜形于色。他们摆脱了各种各样的目的、责任、烦恼的束缚而得到永恒的满足，使无所事事与漫不经心成为诸神的令人羡慕的命运：命运是一个较为人性的名称，它表示最自由与崇高的存在。只有既解除了自然法则的物质压迫，又解除了道德法则的精神限制，在同时围绕这两个世界必然性的更高概念和由两种必然性的统一中，他们才能得到真正的自由。在这种精神的鼓舞之下，他们在自己理想的特征和爱好中同时抹去了意志的所有痕迹。更恰当地说，他们使这两者难以辨认，因为他们了解怎样使两者形成牢固的联盟。朱诺雕像那光彩耀人的容颜告诉我们的，既非优美也非尊严，它不是分别的这两者，因为它同时是这两者。女神要求我们的尊崇，而仙女般的女性则引发我们炽烈的爱。然而，当我们陶醉于天上的仁慈时，又震慑于天上的自满自足。整个形象休憩于自身之中，它是一个完整的造物，当它在空间的彼岸时，没有屈从和反抗，与各种力量相搏斗的能力显得并不重要，尘世所产生的弱点也不存在。我们一方面不可抗拒女性的诱惑，一方面对其尊严保持距离，我们便处于极大的安宁中，产生了一种奇妙的印象。知性没有任何概念、语言没有任何名称可以用来描述这种情形。

第十六封信

我们已经看到，美产生于两种对立冲动的相互作用以及两种对立原则的结合，所以我们要在实在和形式的尽可能完善的结合与平衡中寻找美的最高理想。这种平衡永远只是一种理想，在现实中它绝不可能完全达到。在现实中，总是某种因素比另一种因素占优势，经验所能达到的只是摇摆于这两个原则之间，有时实在占据优势，有时形式占据优势。因此，观念中的美永远不可分割而且具有独特性，因为平衡只能有一个，而经验中的美却不是这样，它永远是双重的。在摇摆中会以两种方式破坏平衡，不是偏于这边，就是偏于那边。

在上封信中，我已经指出，从上面的论述也可以推论出，由美可以同时产生激励与协调两种作用。激励的作用可以使感性冲动与形式冲动互不干扰，协调的作用可以令两种冲动都保持其力量。但是，从概念上来说，这两种作用根本上只是一种，因为它们相互包含，互为条件。由于相互作用，这两种冲动既制约对方又受到对方的制约，美是其最纯粹的产物。但是，经验不能为我们提供如此完美的相互作用的范例，而是或多或少因一方的优势而导致另一方的劣势，或以一方的不足造成另一方的优势。因此，凡是在经验美中只是由想象区别开的东西，以实际存在而彼此不同。尽管理想的美是不可分割的和单一的，但在不同的关系中却显现出融合性与振奋性。在经验美中，存在一种融合性的美和一种振奋性的美。把绝对纳入时间的界限、把理性观念实现于人性之中时，情况就是这样，而且永远会是这样。所以，热衷思考的人只在心中思索道德、真理与幸福，而爱行动的人却只在道德允许的范围内行事，只运用真理，只享受幸福的生活。把后一种人引导回到前一种人——使道德替代道德行为、知识替代认知、幸福替代幸福的体验，这就是物质与德育教育的任务；审美教育的职责在于，使人不以为美的事物都为美。

振奋性的美仍留有粗野和僵化的某些残余，同样，融合性的美能使人对某种软弱有所反抗。因此，前者的作用是使精神不但适应物质方面而且适应道德方面；并且为了改善它的敏捷性，降低性情与性格对感受印象的阻碍，使善良的人性受到野蛮本性才应遭遇的压抑，这种野蛮本性也具有自由的人格才会有的力量。因此，我们在人性中发现了巨大力量与丰富元气的时代，真正伟大的思想常与狂妄冒险有不解之缘，崇高的情感与过度激情相伴而生。人们在规则与形式的时代发现了本性常常受到支配和压制、被超越和凌辱。因为融合性的美是使精神在道德领域及自然领域都得到松弛，欲望的干扰窒息了情感的力量，使性格也受到只有情欲才会遭遇的力量消耗。所以，在这种所谓文明开化的时代，人们多看到温情变成软弱，坦率变成肤浅，正确被变成空洞，自由性变成随意性，自在变成轻浮，安详变成冷漠，而最令人鄙视的讽刺画和最美好的人性直接相邻。在物质与形式两方面都受到强制的人需要融合性的美，因为在他对和谐与优美开始敏感之前，他早已被伟大和力量所激励。醉心于审美趣味的人需要一种振奋性的美，因为他在文明状态中极易失去粗野状态所带来的力量。

我们对美的影响与对审美价值的判断时经常会遇到矛盾，我想我已回答清楚了。倘若我们考虑到存在两种经验美，美的这两个方面都以各自特殊的方式加以证明，那么就可以对这种矛盾做出解释了。只要我们区分这两种美相对应的人性的两种需要，也就解决了这一矛盾。只有在思想上的那种美和人性的形式相互融洽，它们的主张才会变得合乎情理。

沿着自然与审美之路，我将继续我的探讨，并把各种美提高到美的概念。我将评估融合性的美对人的作用和振奋性的美对松弛的人所产生的影响，从而让两种对立的美结合为理想美；同时，让人性的两种对立形式融合在理想的人的统一体中。

第十七封信

从人性的概念推导美的普遍概念时（除了这一概念直接建立在人性的本质基础上并与有限的概念紧密联系外），我们不需要考虑人性概念的其他限制。我们不用考虑在实际生活中可能的限制，从理性中描绘这一天性，它是需求的源泉，与人性的理想一起，我们同时得到了美的理想。

但是，现在我们从观念领域回归到实在中，以便于寻找处于特定状态的人，这种人并非源自纯粹人性概念，而是源自外在环境和他的自由的觉醒。不管人性的概念受到多少制约，我们已从这一概念的单纯内容中得知，整体来说，它只会产生两种对立的偏向。倘若人的完整性在于他的感性与精神力量的和谐能力，那么，他可能由于缺乏和谐或者缺乏能力而不能实现这种完整性。在我们获得与此有关的经验证据以前，我们事先根据理性已经明白，我们所看到的现实的、有局限性的人，或者由于各种力量的偏离活动而破坏了人本质的和谐，或者由于人的本性的统一是建立在他的感性和精神力量的单调松弛状态而分别处于紧张状态或松弛状态。正如现在所要证明的，我们将通过美抑制这两种对立的限制，在松弛的人身上重获和谐与活力，并用这种方式恢复对绝对状态的局限，使人成为完全意义上的人。

因此，现实中的美并不违背思辨中美的概念，我们能将其适用于人性的纯粹概念上。在人身上，美所发现的已受损及仍在反抗的事物，以其个体特性与美混在一起，令美丧失了美的理想中的完整性。所以，在现实中，特殊的美占少数，纯粹的美更广泛。在紧张时，人失去了自由与多样性；在松弛时，人失去了活力。现在我们了解了它真实的特性，而不会被这种矛盾的现象所蒙蔽。与此不同的是，很多评论家从个别经验出发来形成他们的概念，把人在其影响下所表现出来的缺点归咎于美。然而我们明白，人将个体的不完善性转移给美，而由于主观限制不可避免地制约了美的完整，并把美的绝对理想降低到两种受到限制的表现形式上。

我们认为融合性的美是为了使意志松弛，而振奋性的美是为了使意志饱满。倘若一个人同时受到感觉和概念的压力，那么，我就称他处于冲动状态。在人的两种基本冲动中，每一种的单独统治对他而言都是一种强制与暴力状态。自由只存在于人的两种本性的共同作用中。由情感支配的人或感性紧张的人能够通过形式来松弛并使之处于自由中；由规则支配的或精神紧张的人能够通过平静使之处于自由中。为了满足这双重的任务，融合性的美将呈现出两种不同的形态，首先，作为安静的形式，它使粗野的生活和缓下来，并为人从感觉到思维的转化拓展道路；其次，作为活的形象，它以感性力量丰富抽象的形式，使概念趋向直观，使法则趋向情感。它对自然的人发挥第一种作用，对有文明开化的人发挥第二种作用。不过，因为融合性的美在这两种情况下不能完全随心所欲地运用它的物质，而取决于无形式的自然或非自然的艺术，所以，在这两种情况下，这种美还留有原始的痕迹。在前一种情况，它多消失于物质生命中，在后一种情况，它多消失于单纯抽象的形式。

怎样通过美来消除上述两种松弛？我们必须尝试研究它在人的心灵中的根源。所以，请您暂且留在思辨的领域，为您将来永远地解决这一问题，以坚定的心态迈向经验的领域做准备。

第十八封信

美引领感性的人走向形式和思想的领域，美引领灵性的人走向物质世界，并对其恢复了感性。

从这一点似乎可以得出结论，在物质与形式、受动与能动之间存在一种折中状态，而美使我们处于这种状态之中。事实上，多数人由美本身也可以得到这一概念。只要人开始考虑美的作用，全部经验都能够阐明这一点。另一方面，这一概念与任何概念都不一致并存在矛盾。因为物质与形式、受动与能动、感觉与思维之间是相斥的，没有其他事物可以成为它们之间的桥梁。我们如何消除这个矛盾呢？美联系着感觉和思维这两种对立状态，而在这两者之间又根本没有沟通的桥梁。前者确立于经验，后者直接确立于理性。

这是所带来的问题中最关键之一。倘若我们可以圆满地处理这个问题，那么我们就可以寻找到线索，引领我们走出整座美学的迷宫。

　　但是这与两种大不相同的推论方式有关联，它们在这一探讨中必然是互补的。也就是说，美和两种相互对立而又绝不会一致的状态相关联。我们须从对立出发，从其全部纯粹性和严肃性方面理解与承认它们，以最明确的方式把这两种状态区分开来；否则，我们会把两者混淆。其次，美联结着这两种对立的状态，因而消除了对立。但是由于这两种状态永远维持着相互对立的状态，所以它们的结合无非是它们的被扬弃。所以我们的第二项任务就是，使这种结合完善，令它们达到如此纯粹与完美的状态，以至两种状态完全消失在第三种状态中，而在整体上不留下丝毫痕迹，否则我们就是对其分化而不是使它们结合。在哲学界，美的概念曾占据支配地位，今天仍有部分起支配作用，这些争论的根源是由于人们的探讨没有从应有的严格区分开始，没有使这一探讨达到完全纯粹的结合。一些哲学家思考这一问题时盲目依赖情感的引导，而不能达到美的概念，因为他们在感性印象的整体中没有做出各种区分。而另一些哲学家孤立地把知性当作向导，也根本不能达到美的概念，因为他们在美的整体中只看到各个部分。在他们看来，精神与物质即使在完全统一中也永远呈分离状态。前者在区分情感中联结物的时候，不敢对美进行动态的扬弃；后者在总结知性中呈分离状态时，没有勇气把作为概念的美进行逻辑的扬弃。前者试图依据美的作用来思考美；后者试图使美依据他们思考的那样起作用。两者都不能得到真理：前者是因为他们试图用自己有限的思维能力来模仿无限的自然，后者是因为他们试图用他们的思维法则限制无限的自然。前者担心对美的分解会限制它的自由，后者忧虑过分大胆的结合对美之概念的精确性造成破坏。但是，前者没有考虑到他们完全有理由把美的本质规定为自由，自由并非无规则性，而是规则的和谐，不是随意性，而是最大的内在必然性；后者没有考虑到他们有理由主张对美做出法则，这种法则不在于排除某些实在，而在于绝对地包括一切实在。所以，它并非限制而是放任。倘若我们从美在知性面前所区分出的这两种因素开始，那么我们将远离使这两者搁浅的暗礁。然后，我们也要上升到纯粹的审美整体，通过整体美能够感觉并在感觉中使这两种状态彻底消失。

第十九封信

人自身可以区分被动与主动两种不同的状态，同样，也能对被规定与主动规定的多种状态进行区分。这一命题的阐释可以令我们尽快地达到目标。

在感官给人指明方向之前，对人的身份状态的确定是存在无限可能的。空间与时间的无限给予想象力自由的舞台。因为按照前提的规定，在这一广阔的王国中没有对任何东西是预先规定好的，也没有什么是在一开始被排除在外的，我们称这种无规定性的状态为空虚，但绝不能把它与无限的真空相混淆。

将人的感性加以限定，让无限可能中的一种成为实在是有必要的，这时，人就产生了一种感觉。单纯的确定性无非是一种空洞的能力，现在变成了一种作用力。它获取了一定的内容，作为作用力同时受到了一种限制，这种单纯的能力状态源自无限制的状态，因此拥有了实在而失去了它的无限性。为了描述一个形象，我们必须限定无限的空间；为了展现在时间中的变化，我们必须分割时间的整体。因此，只有通过限制才能达到实在，通过否定或者排除方能实现肯定或现实的设定，通过扬弃，我们的自由决定才得以产生。

如果不存在可能被排除的东西，如果不能由精神的绝对活动联系否定与确定的事物，如果独立不能从立场中得出，那么纯粹的排除无法变为实在，纯粹的感性印象也不能产生感知。意志被定位或判断或思考，这种结果被称作思想。

当我们确定一个空间位置前，还根本没有空间。但是没有绝对空间，我们就不可能确定位置。对于时间也是如此。当我们有片刻之前，对于我们而言就根本谈不上时间，但是如果没有连续不断的时间，我们就不可能有瞬间的概念。当然，我们只有通过部分来实现整体，只有通过有限来实现无限。同样，我们也只有通过整体才能达到部分，通过无限达到有限。

因此，倘若美为人起调解作用，为感觉转变到思维开辟了道路，那么绝不能这样理解这一点：美可以填平感觉与思维、受动与能动的鸿沟。这是一个无限的鸿沟，脱离新的独立能力的中介永远不能由个体产生整体，也绝不会由偶然形成必然。思想是这种绝对能力的行为，虽然这种能力是由感官引起并外化出来的，但是，它的外化很少由感性决定，而是通过它的反面表现出来。独立性关系到排除各种外在影响，它不是由此而对思维有益，而只是为思维能力提供了自由，使之能按照其自身的规律呈现出来。继而，美能够成为一种手段，使人由物质形式、由感觉引至法则，由有限存在引至绝对存在。

但是，前提是：思维能力的自由要被阻碍，这与独立的权利是矛盾的。由外部接受其作用的物质的力量，只有通过取走物质进而对它的活动做出否定才会受到阻碍。倘若我们给予感情以确定的压制自由的权力，那么这就误解了天性。的确，经验提供了大量例证说明，当感性起作用时，理性的作用似乎同样受到了压制，但是我们不能任由感情的强烈程度得出这种精神脆弱结论，而必须由这种精神的脆弱对感情的过分强烈做出解释。因为感性不能处于统治地位，除非意志放弃了它的支配力量。

在我通过这种阐释解答这种异议的时候，我好像陷入了另一个问题中，论证了只有牺牲意志的一体性才能保证精神的自发性。因为如果不是对意志本身进行分割，如果不是它本身对立起来，那么，意志怎么会同时获得受动与活动呢？

在此，我们必须再一次指出，有限的意志才是我们考察的对象，而不是无限的意志。有限的意志无非是通过受动发挥作用，只有通过限制才能达到绝对。当它接受了物质时才活动和形成，所以，这种意志结合了追求形式或绝对的冲动与追求物质或限制的冲动。如果没有物质或限制作为条件，那么，意志既不会具有也不会满足形式冲动。在同一事物中，两种对立的倾向能够共存到何种程度，这个课题虽然使形而上学家处于困窘的境地，但不会困扰先验哲学家。先验哲学家绝不随心所欲地对事物的可能性做出解释，而是以坚实的基础知识帮助人们理解经验的可能性，对他们而言，也就满足了。如果没有意志的独立，就不可能存在经验；同样地，如果没有意志的绝对统一，也不可能存在经验。所以，意志完全有权力把这两个概念作为经验的必要条件，而不必担心它们是否和谐相处。只要我们区别这两种基本冲动与意志，这两种冲动的共处就和意志的绝对统一不相矛盾。虽然这两种冲动存在并作用于意志之中，但意志本身既非物质也非形式，既不是感性也不是理性。那些人似乎从未考虑到这一点，当意志的活动符合理性的时候只是让人的意志本身活动，当意志的活动违背理性时只把意志看作受动的。

两种冲动的任一种只要发展起来，就必然按其本性努力去满足自己。正是因为两者是必然的并且趋向于相反的对象，两者相互扬弃，意志在两者之间持完全的自由。因此，意志是作为一种力量（作为现实性的根据）针对着两种冲动的，而不论哪一种冲动本身都不可以作为针对另一种的力量。由于人所具备的最确定的正义并不会使任意妄为的人不再违法乱纪，享乐的诱惑也不会令意志坚强的人将自己的原则弃之不顾，在人身上除了他的意志以外就没有别的权力了，只有死亡与剥夺他的意识才能使人终止，终止他的内在自由。

外在的需求借感觉决定我们的状态，并依据感觉的中介对我们在时间中的存在进行了规定。它具有强制性，我们必须承受它作用于我们身上的力量。同样，在感觉的促使下并通过与感觉相对立，人们表明了我们的人格，因为自我意识独立于作为其前提的意志。人格的这种原始表现并非我们的功劳，它的缺乏也不是我们的过错。只有那些具有自我意识的人才要求理性，这就是意识的绝对一致性与普遍性。在人尚未成为人时，不要期望他有什么人性的活动。形而上学家很少就自由和独立的意志受感觉限制做出解释。物理学家不能理解这种限制对人的无限性的启示。产生普遍性和必然性概念之根源不是抽象也不是经验。这些概念的早期表现是隐匿的，形而上学家没有发现其根源隐匿在超感性之中。然而，意识的存在与意识恒定的统一成为为所有人设立的法则，也是人对其认知和行为所设立的法则。真理与正义的概念在人的感性时代就已经被无法避免、无法改变、尚未理解地呈现出来，人们在时间中感知到永恒，在偶然的结果中感知到必然，而不用说出它们是从哪里来的和如何形成的。这样，感觉和自我意识就形成了。这两者的来源都同样处于我们意志的彼岸，如同它超出我们认知的范围一样。

倘若这两者都是实在的，倘若人通过感觉媒介获得了某种存在，通过自我意识获得了人绝对存在的经验，那么人的两种基本冲动也就伴随各种对象开始活跃。生活经验（随着个体的开始）唤醒了感性冲动，各种法则（随着人格的开始）唤醒了理性冲动。两者的存在建立了人性。直到这些产生以后，在人身上的一切都要遵循必要法则。但是，现在天性不再干涉人，让人自己来保护天性植于人内心的幼苗——人性。这两种相反的基本冲动在人的身上产生影响，这两者就失掉了强制，也促使了自由的诞生。

第二十封信

通过自由的纯粹概念我们可以得出结论，自由不受（外界）影响，自由本身是自然的作用（自然一词要从最广义上来理解），而不是人的作品。从上述内容同样必然得出，自由只能利用自然的手段来促进和遏止。当人是完整的并且两种基本冲动已经发展充分的时候，自由才开始存在。只要人是不完整的，且他的两种基本冲动中有一种被排除，那么谈不上自由。运用各种手段使人重获完整性，就可以使自由得到重视。

实际上，不论整个人类还是独立的人，都能发觉到人并不完整的时候，以及一种冲动在人身上单独发挥作用的时候。我们知道，人始于单纯的生活，终结于形式，人以前是作为人格的个体，是从有限走向无限的。感性冲动在理性冲动之前发生，因为意识在感觉之后，在这种感性冲动在前的过程中，我们开辟了人自由的全部历史。

有一个时刻，生活冲动是作为自然与必然性发挥作用的，因为形式冲动尚未与它相对立而存在，这时，感性是一种力量，因为人性尚未成人，人的身上除了意志以外还没有别的力量发挥作用。然而，在人现在过渡到的思想状态前正好相反，理性是一种力量，精神的或道德的需求应当替代那种自然的需求。在把法则的力量建立起来之前，必须排除感性的力量。要使不存在的某种东西开始重视是远远不够的，还必须磨灭原有的东西。人不能由感觉直接过渡到思考，他还须退一步，因为只有排除一种决断，另一种决断才有产生的可能。所以，为了用能动替代受动，用主动的决断替代被动的决断，人就必须暂时脱离所有的决断而处于一种纯粹的可决断性的状态。所以，人必须通过某种方式重回纯粹反抗性的那种否定状态。当没有任何东西在人的感官中留下印象的时候，他就处于这一状态。然而，在内容上这一状态是彻底空虚的，现在的问题是使一种同样的无限制决断与一种同样的无限制的决断与最可能有的内容相协调，因为从这种状态得出一些肯定的东西。必须确保人通过感觉所接受的规则，因为他不能失去实在。但是只要规则被限定，那么同时它必须被扬弃，因为它会产生一种没有限定的决断。因此，现在的任务是同时去除和维持状态的决断，只有通过使该决断与其他决断对立起来的唯一方式才有可能。当天平两边空置时，天平的两个秤盘处于平衡状态。然而，当天平两边重量相等时，天平的两个秤盘同样处于平衡状态。

心灵由感觉到思维的转变会经历一个中间状态。在这一状态中，感性与理性共同发挥作用，这正是因为它们相互摒弃了它们决断的力量，并通过它们的对立产生否定。在这一中间状态中，精神不受自然和道德的强制，并以两种方式活动，优先服务于一种所谓的自由使命。如果感性决断的状态被称为物质心境，理性决断的状态被称为逻辑或道德心境，那么，这种实在的和主动决断的状态就应被称为审美心境。

第二十一封信

前一封信开始我强调过，可双重规定性和规定性是双重状态，现在我将进一步阐释这一命题。

只有思维一般尚未被规定，那么，它才可以是被规定的。只要思维尚未完全被规定，也就是说，只要它的规定尚未被限定，那么，它也是能够被规定的。前者是无规定性，它没有加以限制，因为它没有现实性；后者是审美的规定性，它没有限制，因为它把所有实在结合在了一起。

只要思维被限定，它就是被规定了。如果思维本身被自己的绝对能力限定了，它也就被规定了。心灵感受是第一种情况，心灵思考的时候是第二种情况。所以，如同思维属于规定性一样，审美也属于规定性。前者是由内在无限力量引发的限定，后者是由内在的无限丰富性引起的一种否定。将思维限定在感觉与思维这两种状态中，人只是个性或人格的某一种，在这一点上思维与感觉具有一致性，在所有其他点上则截然不同。同样地，审美规定性和单纯的规定性只有去除了被规定的存在才具有一致性，而在其他从"无"到"所有"的各点上则是截然不同的。如果后者产生于缺乏的无规定性，呈现出空虚的无限性，那么，与其相对立的审美规定的自由就被视为充实的无限性。这种观点正好与我们前面的探讨所得到的结果完全契合。

如果我们只关注一种结果而不关注整体，并只考虑到在人身上缺少诸种特殊规定，那么人在审美状态就是零（无价值的）。所以，我们必须承认那些人完全有道理，他们认为美使我们位于一种心境中，这种美和心境在认识和志向方面是无关紧要且没有益处的。他们的观点很有道理，因为美在认知方面和意志方面完全不会给人以任何结果。它既不能够实现智力目的，也不能够实现道德目的。它不会探明任何真理，对我们毫无裨益。总而言之，它既不能确立性格，也不能对头脑有所启发。因此，如果人的个人价值与他的品格只取决于他个人，那么审美文化依然不能完全被规定。它只能使人恢复由本性即由自己本身所完成的东西——人所应有的自由，除此之外没有其他用处。

正因为如此才获得了某些无限。因为在感觉中，由于自然的片面强制以及思维中理性的全面立法剥夺了人身的这种自由，所以，我们应该把审美所赋予人的能力看作最珍贵的礼品，是人性的馈赠。的确，人在进入各种特定的状态以前，就已具备了这种人性的天赋，但实际上，人随着进入各种被规定状态而失去了这种天赋。倘若人能够过渡到一种相反的状态，那么，他就能通过审美的生命力而重新获得这种人性。①

倘若称美为第二造物主，不仅从诗歌角度是允许的，从哲学角度也是妥当的。虽然美令人性成为可能，但在多大程度上获得和实现人性则取决于自由意志。在这一点上，美和我们最初的创造者——大自然，是一样的。大自然赋予我们获得人性的能力，而这一能力的运用则取决于我们自己的意志。

第二十二封信

倘若我们在特定情形下，把审美心境看作零状态（我们集中精力在个别特定的作用上时），在另一种情形下，我们同时注意到各种限制与各种力量之和，那么，我们又可以把它视为最高的实在状态。因此，把审美状态看作在认知和道德方面毫无裨益的人也有一定的道理，而且，他们完全是有道理的。因为人包含了人性的整体心境，也能包含人性的每一个个体表现。如人性的整体去除了所有限制的

---

① 当然，由感觉转变到思维和决断的迅速性，使某些人几乎或完全没有觉察到此时所必然经历的审美心境。这些人不能长时间容忍无规定性的状态，急切地探求他们在审美无限性状态所找不到的结果。相反地，另一些人是在全部官能活动的情感中探求他们的享受，而不是在单独一种官能的活动中去寻求，进而使审美状态扩大到更广阔的范围。如同前者对空虚十分畏惧，后者很难忍受限制。我几乎不需要说明，前者是为琐事和次要事物而生的，后者假定他们把这种官能与现实结合起来是为整体和发挥巨大作用而生的。

心境，也必然在人性的每一个别表现中排除了一切限制。正是因为这种心境没有单独地对人性的个别表现进行保护，它毫无差别地优待每一种表现。它之所以不对个别能力给予特殊的优待，是因为它是一切的基础和条件。人从其他的训练中学到特殊的技巧，而训练和技巧也给人设置了一种特殊的界限。只有审美的训练可以引向无限。每一种新的状态都使我们重返某种原来的状态，要消除这一状态就需要另外一种状态。只有审美是一个整体，因为它包括产生与存在的一切条件。此时此刻我们才感觉到我们处于时间之外，我们的人性以一种纯粹性和整体性呈现出来，好像它尚未因外在力量的影响而遭到损害。

在直接感觉中，令我们的感官愉悦的东西为我们温柔而有活力的心灵在接受任何一种影响打开了大门，却不能让我们为之振奋。那些使我们的思维能力活跃并创造抽象概念的东西，提高了我们思维的各种抵抗能力，但也同样使思维变得麻木，如同使我们产生更大的主动性那样，同样地伤害了我们的感受力。所以，不管哪一种能力最终都必然地失去力量，因为物质不能长期脱离形象创造力，这种创造力也不能够长期远离造型的物质素材。相反地，如果我们置身于真正美的享受，那么，我们在这一瞬间，在同等程度上成为我们的受动力与主动力的支配者，可以轻松地使我们从压抑转向愉悦，从静止转向运动，从屈从转向反抗，从抽象思维转向形象思维。

真正的艺术作品能释放我们的品质，因为正是这种超脱和自由，与力量性和灵活性相结合是审美的试金石。如果在这种享受之后我们发现自己处于一种与他人不同的、拙劣的和不恰当的感觉方式或行为方式中，那么这确凿的证据说明我们感受的并非纯粹审美的作用。这或是由于对象，或是由于我们的感觉方式，或（情况差不多是这样）是由于二者共同作用而产生的。

在现实中不会遇到纯粹的审美作用（因为人不可能摆脱各种力量的限制），因此，一部卓越的艺术作品只是最大限度地接近审美纯洁性的理想。在我们所能够实现的充分自由中，作品总会为我们留下某种特殊的心境与独特的倾向。当某一类艺术和作品给予我们精神的心境越普遍，倾向就越不受局限，那么，这类艺术就越高尚，其艺术品就越优秀。我们可以用不同门类的艺术作品与同一门类的不同作品进行说明。美的音乐会给我们留下灵动的感觉，美的诗篇会给我们留下丰富的想象力，美的画作和美的建筑则会给我们留下清晰的认知。如果有人试图在享受高雅的音乐之后直接激发我们的抽象思维，在享受高深的诗歌之后直接着手日常生活中烦琐的事务，在欣赏美的绘画与雕塑作品之后直接点燃起我们的想象力，并使我们的情感诧异，那么我们只能认为这是一段糟糕的时光。其原因是，即使精神内容最丰富的音乐，由于其本质的关系也比审美自由所允许的感官有更大的亲和力；即使是最优秀的诗歌，其媒介是对想象的随意和偶然的嬉戏，也总比真正美的事物所允许的有更多的东西；即使是最优秀的画作，也往往因其概念的规定性而区别于严肃的科学。这三类艺术作品上升到更高层次时，特殊的亲和力便会消失。这是完美的、必然的与自然的结果。不同的门类艺术的客观界限并没有变化，只是在它们对精神的作用方面越来越接近。通过高度提炼，音乐必然成为形象，并通过古典静谧的力量作用于我们；造型艺术在它的最高完美中必然变得与音乐相像，并通过直接的感性显现触动我们的心。诗歌在其最完美的创造中必然像声乐艺术那样抓紧我们的心，同时又如雕塑以静穆而爽朗的氛围环绕着我们。在每种艺术中，完美风格在牺牲其特定优势的同时，明白如何解除所特有的限制，并巧用它的独特性而赋予它一种更为普遍的特性。

通过艺术加工，艺术家不仅要克服艺术的特性本身所带来的限，还要突破手头的特定主题的限制。真正优美的艺术作品不能依靠内容，而要依靠形式完成一切。因为只有形式才能作用于整个人，而相反地，内容只能作用于个别的功能。内容无论怎样崇高和范围广阔，它对心灵的作用都是有限的，而只有通过形式才能获得真正的审美自由。因此，艺术大师独特的艺术秘密就在于，他要通过形式来消除素材。素材本身越宏大、越自负、越具有诱惑力，素材越是独断地显示自身的作用，或者观众越倾向于直接介入素材，那种要求支配素材的艺术就越成功。观众与听众的心灵必须是完全自由而不容侵犯的。出自艺术家魔力圈的作品必须像出自造物主手中的东西那样完美与纯粹。在艺术中，即使是对待最轻浮的作品，也必须把它直接转换为极其严肃的艺术。我们也必须把最严肃的作品转换为最轻松的游戏，激情的艺术如悲剧也是如此。因为没有绝对自由的艺术，艺术总是为特殊的目的（庄重的事物）服务的。因此任何艺术鉴赏家都不得不承认，为了让艺术作品更加完美，需要在最强烈的激情风暴前维持它的心灵自由。我们富于激情艺术，然而激情艺术在表述上却是矛盾的，因为美的效果挣脱了激情的自由。美的教诲性或者道德的艺术的概念也自相矛盾，因为没有比给思维以特定的倾向与美的概念更矛盾的了。

如果艺术作品只是以它的内容起作用，那么，并不总是证明作品是缺乏形式的。这一结论反倒证明，也许是现实者缺乏形式感。不论他的思维是过分紧张还是过分松弛，他都习惯于用智商或者感官来感知事物，即使是两者的完美结合，他的思维也只能看到部分，看到存在于最美形式中的内容。只能感受粗陋因素的人在由此得到一种乐趣以前，他首先毁坏作品的审美机体，认真地扒开艺术大师用无限的艺术使之消失在整体和谐中的各部分。他对作品的兴趣完在道德或物质的同义词层面，却不在理应所在的审美方面。这一类人在赏析一首庄严而热情的诗歌时，如同在进行说教；在赏析一篇质朴或诙谐的诗歌时，如同陶醉在美酒中。他们要求悲剧和叙事诗具有教化作用，即使是《弥赛亚》这样的作品。他们肯定也愤懑于阿那克里翁[①]诗体与卡图卢斯[②]体诗。

第二十三封信

为了将前文提到的原则应用于实际的艺术作品的评价中，我曾中断了研究，现在我重新继续这一研究。

从感觉的受动状态转变为思维和意志的能动状态，只有通过审美自由的中间状态才能够实现。虽然这种状态本身并不完全决定我们的见解或者信念，不会因此而否定智力和道德的价值，但是，这种状态依然是我们得到见解与信念的必要条件。总而言之，如果试图使感性的人发展成为理性的人，除了先使他成为审美的人外，别无他法。

您或许会提出质疑：难道这种中介是完全必要的吗？真理和义务难道不能凭借自身找到成为感性人的途径吗？对此，我认为它们本身拥有这种决定性的力量。这里似乎隐含着相反的见解，其实与我前面的观点并不矛盾。这里已经清清楚楚地表明，美并不给认知和意志以任何结果，美也不对思维和决断进行干预。美只是给这两者提供能力，却不决定这种能力的实际运用。任何外部的帮助都是不必要的，纯粹逻辑形式（概念）必然直接诉诸知性，纯粹道德形式（法则）必然直接诉诸意志。

我认为这一点是可能的，感性的人之所以能够拥有一个纯粹的

---

① 前6世纪的希腊诗人。

② 卡图卢斯（前84—前54年），古罗马诗人。

形式，是通过审美的心境做到的。对实在及物质的感性可从外部把握，真理却不然，它靠思维能力在自由状态中取得，而这种自动性和自由却是感性的人所没有的。在物质方面，感性的人是被规定了的，因此，再没有自由的被规定的可能性。他必须首先恢复这种失去的规定，才能由受动的规定变换成能动的规定。然而，只有在两种情况下，才能重新获得这种规定性：或者他失去了已具有的受动性，或者自身包含着应该转变成的那种能动性。倘若只丧失了受动性，那么他也丧失了主动规定性，因为思想需要躯体，形式要在一定的物质中才能成为现实。所以，他自身包含主动规定性，他应该是既被动又主动地适应规定了的，也就是说，他成为审美的人。

因此，通过审美的性情，能够在感性的领域中显示理性，感觉的力量在自身的界限内已经丧失，自然的人已经高尚化，以至于只要依照自由的法则就能够令自然的人发展为有思想的人。所以，与从物质状态到审美状态（即由单纯盲目的生命到形式）转变相比较，从审美状态到逻辑和道德状态（即从美到真理和义务）的转变要更简单。人通过他自由就能完成第一步。因为他只需为自己获取而不需要付出，只需使他的本性分化而不需要去扩大它。只要处于审美心境的人愿意，就可以获得判断和行动的价值观。他的本性使他容易完成由粗陋到美的转变，这时，他的内心将表现出一种全新的功能。他的意志无力改变意志本身赖以存在的心境。只要我们给他重大的场合，就能令审美的人获得见解及感知能力。而要使感性的人得到相同的东西，我们就得对他的天性进行改造。在前一种情况下（对审美的人来说），要想造就英雄和贤能，你需要给他崇高庄严的境遇（它直接作用于意志力）；而在后者（对感性的人说来），则必须把人放到另一种环境中。

因此，文化的最重要任务之一就是使人在纯粹物质生活中也受形式的支配，使他在美的王国所及成为审美的人。因为道德状态的发展只能由审美的人发展而来，而不能产生于物质状态。倘若人要在各种场合下都能令自己的判断和意志成为全人类的判断能力，倘若他要从每一有限存在中寻找到达无限存在的路径，从依存状态迈向独立和自由，他就要想方设法使自己不再孤军奋战，只受自然规律的支配。假使他要能够并准备好从自然目的的狭窄圈子提高到理性的高度，他就必须还在前者的支配下时适应后者，从某种精神性，即按照美的原则实现他的物质使命。

　　不过，做到这一点不会与他的物质目的有丝毫的矛盾。自然的要求只是与他做的事情、他行动的内容有关联。物质目的并不规定他做的方式，即其形式。理性的要求却与之相反，它严格指向人的活动形式。为了使人的道德规定成为现实，他必须成为纯粹的、道德的，表现出绝对的自动性。然而，对他的物质目标而言，他是纯粹自然的或绝对受动地行动与否没有什么差别。对其物质目标来说，他作为感性存在、自然力（即只作为受动的作用力）来完成，还是他同时作为理性存在与绝对力量来完成，这完全由他的意愿决定。那么，这两种方式中哪一种更与他的尊严相符合？在感性冲动下完成那些应该由纯粹义务的动机去做的事情，就使他感到是卑微而屈辱的事情。同样，当普通人只满足自己的合理要求时，对合规律性、和谐与绝对的追求，就使他尊贵并高尚起来。总体而言，在真理与道德的领域感性没有支配权，但是在幸福的领域可以存在形式，游戏冲动能够占据支配地位。

　　因此，在物质状态生活的人必须开始他的道德生活。在受动状态下，开始他的自动性；在他的感性范围内，开始他的理性自由。他须把自己意志的法则运用到自己的爱好上，请您允许我使用这种说法，他必须在物质领域内将物质目标进行下去，以免他在自由的神圣疆域里对这个恐怖的敌人宣战。他必须学会更高雅地向往，以便无须去作崇高的追求。这一点可以通过审美教养来实现，审美教养使所有事物遵从美的规律，使自然法则与理性法则都不能限制人的自由选择，并且在它给予外在生命的形式中表现出内在的生命力。

第二十四封信

因此，可以对发展的三个不同时期或阶段进行区别，不论个体还是人类，如果想要实现自己的全部使命，都必然按照一定顺序经历这些阶段。由于外界事物的影响或者个体的自由任意等偶然原因，某一个时期可能会延长或缩短，但不能跃过任何阶段，而且各阶段的衔接次序也不是自然或意志所能颠倒的。人在自然状态中只能接受自然的力量，在审美状态中，他挣脱了这种力量，而在道德的状态中他能够对这种力量进行支配。

在美激发人的自由乐趣、安逸的形式，改善他的粗野生活之前，人到底是何种面貌呢？他的目的是千篇一律的，他的决断踌躇不定，自私而又不能独立自主，没有拘束而又没有自由，被奴役而又不受规则支配。在这一时期，世界只是他的命运，而非对象。所有事物只有保障了他的存在，对他而言才存在。那些没有给予他什么或者从他那里获取什么的，对他而言，根本就不存在。在他面前各种现象都是单独与孤立的，就像他自己处于各种存在情形之中一样。在他看来，一切事物都是由于瞬间的无上命令才存在，一切变化都是崭新的创造。他缺少内在必然的东西，也缺少外在的必然性，这种必然性把千变万化的形态结合成一个大千世界，个体可以离开这个舞台，规则却是常客。自然徒劳地将它的多样性呈现在他的感官面前，无视这种丰富，而只关注他的掠夺品，他无视自然的力量与伟大，而只关注他的天敌。他投身于对象并企图占有对象，或者是对象试图侵犯他，他厌恶地推开对象。在这两种情况下，他都是直接接触感性世界，经常为这个世界中的压力所困扰，不断被强烈的欲望所折磨，他只有在疲惫中才得到休息，在衰竭的欲望中才找到边界。

> 泰旦具有宽大的胸脯，
> 还有充满力量的铮铮铁骨……
> 这成了他子孙的一份遗产，
> 但是上帝给他额头箍上了一个铜环。
> 它挡住了忠言、节制、智慧和忍耐，
> 使他阴沉可怕的目光无法看个究竟。
> 他的欲求发展成愤怒的心境，
> 冲向四周没有止境。
>
> ——歌德《伊菲革涅在陶里斯岛》

由于对自己的尊严尚不能形成清楚的认知，他就完全谈不上尊重别人。意识到自己的粗野情欲，他就惧怕每个与其类似的情欲。他不会从自己身上对别人进行反观，只是从别人身上发现自己，社交圈越来越窄地把他局限在个体之中而非扩展到人类。他将在压制中度过昏暗的生活，直到慈悲的自然从他混沌的感官中解除物质的重压，思索自己与事物的区别，才使事物反映在他的意识之中。

诚然，这里所提及的这种粗鄙的状态并不特指某一民族或时代。这只是一种观念，是各种特征与经验完全相符的观念。我们可以说人从未完全处于这种动物状态，但是他也从未彻底摆脱这种状态。即使在最粗俗的人身上我们也能够发现理性自由的痕迹，如同在最有教养的人身上也不缺乏唤醒混沌的自然状态的瞬间。将本性中最高尚的东西与最卑劣的东西相结合是人独特的本领。倘若人的尊严有赖于对两者进行严格区分，那么人的最大幸福就有赖于对这种区别巧妙地进行消除。文明应该使他的尊严和幸福协调一致，那么也应心系这两个原则，在最紧密的结合中捍卫它们的高度的纯洁性。

人的理性的最初显现并非人性的开端。人性由自由来决定，理性的真正开端是使他的感性依存成为无限。我想，我们还没有充分阐明这个现象的重要性与普遍性。我们知道，通过对绝对的东西（即以自身为基础的和必然的东西）的要求才在人身上发现理性。因为他生活的任何状态都不能满足这种要求，因而促使他舍弃这种物质生活，并从局限的现实上升到观念世界。虽然其真正的意义是使人摆脱时间的束缚并由感性世界上升到理性世界。然而，由于对这一要求的误解（在感性占统治地位的时代这几乎难以避免）可能把他推向物质生活，不仅没有使人独立，反而使人陷入最可怕的奴役中。

事实也正是如此。借助想象的翅膀，人摆脱了兽性的现时的狭窄空间而前往无限的未来。当无限出现在他的想象中时，他还生活在个体内心之中并被瞬间支配。追求绝对的冲动在人的兽性中使人感到惊诧，因为在迟钝的状态下他的一切努力都集中于物质和暂时的东西，并且限制在他的个体上。上述要求迫使他无限地扩大个体，而不是把个体概念化；迫使他追求永不枯竭的物质内容，而不是努力获取形式；促使他努力获取永远持续的变化和对他暂时生存的绝对保证，而不是寻找恒定不变的事物。如果这种冲动应用于人的思维与行为，原本能够让他获取真理和道德，而现在和他的受动性与感觉联系在一起，就只产生无限制的愿望与绝对的欲求了。所以，人在精神王国中得到的首要成果就是忧虑与恐惧，两者都是理性的后果，而不是感性的后果。但是这种理性弄混了它的对象，错误地把它的命令直接应用到物质状态上去了。一切无条件的幸福体系都是这棵树的果实，不管它们的对象是今天还是全部生命，或者是永恒（这些体系并不会因此更加值得尊重）。生存与安乐的无限延续，只是为了生存与安乐，这不过是欲望的一种理想，这种要求只能从追求绝对的动物性而提出。通过这种理性的表现并不会使他的人性获取什么，只是挣脱了动物的幸运的局限。与动物相比，他现在所具有的优势并不值得羡慕，即他为了追求遥远的事物而失去了对现时的占有，可是在没有边际的远方，除了现时之外，什么也无法寻找。

但是，即便理性并未搞错自己的对象，或者在提出问题时没有失误，感性依然要在长时间内伪造答案。只要人开始运用他的认知并依据因果关系联系周围的各种现象，理性就会依据自己的概念实现绝对的联系和无条件的依据。即使是为了提出这个要求，超越感性也是必需的；感性对于这一要求的作用是要再度捕获逃脱了的东西。正是在这一意义上，人必须彻底挣脱感性世界的束缚飞跃到纯粹理想的王国，因为认知永远停留在有限的事物里，只提出问题却不能实现最终的目标。但是，因为我们这里所提到的人尚未达到这样的概念，所以，他就在自己的情感领域内去探寻并似乎找到了那种在感性认识范围未能找到而在纯粹理性中也尚未寻找的东西。感性并未为人提供自身的依据与法则，而将一无所知、对法则毫无尊崇之心的东西提供给他。因为人不能通过内在的根据提出疑问的认知，那么，他至少通过没有根据的概念使认知沉默并停留在物质的盲目强制之内，因为他尚不能明白理性的崇高性。除了利益以外，感性不知道了解其他的目的，除了盲目的偶然性外不知道其他的原因，因此，利益成为他行动的准则，偶然性成为世界的统治者。

道德法则作为人身上最神圣的东西，最初在感性中出现时也没有摆脱这种伪装。因为道德法则仅是禁止和反对他的感性自我中心的一己私利，他还没有把这种自爱视为外在的东西；而把理性声音看作是他真正的自我时，道德法则对他而言就是某种外在的东西。因而，人就只感觉到理性为他制定了条条框框加以限制，而感觉不到理性给他开辟的无限自由。他对自身的立法者的尊严没有深切的感受，而只体验到服从的强制性和反抗的无力。因为在人的经验中，感性的冲动是先于道德的冲动的，所以，他在时间中给必然性的规则以开端，即肯定的起源，并因不幸的错误把自身中永恒不变的东西变成生死无常的偶然的东西。他说服自己把公正与非公正看作是规章，这些规章是由意志所产生的，它们本身并不具有永恒的价值。如同他在解释个别自然现象时超越了自然的界限，并在自然范围之外寻找只是在自然的内在规律性之中才能发现的东西，他在解释道德时超越了理性的界限，并在沿着这条道路寻找神性时丧失了自己的人性。如果以放弃他的人性为代价的宗教也算是这样一个起源，如果人不认为那些不是从永恒中产生的法则是无条件的且永远具有约束力的话，那就没什么大惊小怪的了。人所面对的并非是一个神圣的存在，而只是一个强大的存在。所以，他崇拜上帝使他更屈辱恐惧，而不能提高他的自尊和敬畏。

虽然人与自己的理想间产生的诸种偏差并非全部发生于同一个时期，他需要经历从无思想性到错误、从意志薄弱到意志败坏几个不同的阶段，可是，这些阶段依然是物质状态的结果，因为所有阶段中生命的冲动都比形式冲动占据优势。不论是理性在人身上尚未表现出来，物质状态还在用盲目的必然性支配着他，还是理性还没有通过自身摆脱感性，道德的原则仍然服务于物质原则，在这两种情况之下，人唯一具有权威的原则总是物质的原则，人，至少就其最终倾向来说，仍是感性的存在。唯一的区别是，在前一种情况下，他是非理性的动物；而在后一种情况下，他是理性的动物。不过，他不应该是这两者，他应该是人。自然不应该完全支配他，理性也不应该有条件地支配他。这两种立法理应彼此独立并存，且相互补充。

第二十五封信

人在他最初的物质状态中，只是被动地承受感性世界，人就依然认为与这个世界完全是一体的，正因为他认为外部世界对他而言是不存在的。只有当他的审美状态客观地看待世界，他的人格参与其中时，世界对他来说才是客观的，世界才呈现在他眼前，因为他与世界不再是同一的了。

思考是人对周围世界的第一个关系。倘若说欲望是直接捉住它的对象，那么观照就是将自己的对象推离开来，使其不受激情的侵扰，把它变成真正的不会失去的财富。在思索时，那种在单纯感觉状态中绝对支配着人的自然必然性离我们远去，在感官中显现了短暂的平静，永远变化的时间本身静止不动了，离散的意识之光汇合在一起，形式——对无限事物的摹写——反映在瞬间的背景下。只要人的内心是明亮的，身外就同样是光彩夺目的。只要人的内心处于平静，身外就会风平浪静，自然中斗争的力量也会平息。古代传统把人内心的这一伟大事件描绘成外在世界的一次革命，并用那灭亡了撒旦王国的宙斯形象来表现这种战胜时间法则的思想，这就不足为怪了。

当人只感觉到自然时，他是自然的奴仆；当他思考自然时，人就变为自然的立法者。自然原来是作为一种力量支配着人，现在却变成了人的一个对象。成为他的对象就不再具有支配他的力量，因为对象要承受他的力量。人给予物质以形式，只要他给出形式，自然的影响就不能侵犯他。因为，除了剥夺精神的自由之外，没有其他方法能够侵犯精神。人给无形式的东西以形式，就表明了他的自由。只有在物质无定形地支配一切，以及模糊不清的轮廓在不确定的界限内晃动的地方，恐惧才能够存在。自然界中任何可怕之物，只要人能赋予它形式并把它变成自己的对象，它就能被人打败。如同面对作为现象的自然人开始捍卫自己的独立性，面对作为力量的自然人也捍卫自身的尊严，并以尊贵的自由去抵抗众神。众神摘下了曾使童年的人类感到畏惧的幽灵的面具，在接近人的观念时，人吃惊地发现众神和人拥有相同的面貌。曾以猛兽的盲目威力统治世界的东方神圣怪物，在希腊人的想象中却有着和蔼的人的面孔。泰旦的王国毁灭了，无限的形式制服了无限的威力。

不过，在我只是寻找物质世界的出口和精神世界的入口时，想象力的自由翅膀已经带我飞至精神世界的中心了。我们所追寻的美已经被甩在后面，当我们从单纯的生命直接转到纯粹的形象与纯粹的对象时，我们超越了它。人的本性并不具有这种飞跃，而为了与人的本性保持步调一致，我们应该回到感性世界。

当然，美是沉思和反思的产物，我们与它一同走进精神世界，然而，应该表明的是，我们并不会像认识真理那样舍弃感性世界。真理是摆脱一切物质世界和偶然的事件的纯粹抽象的产物，是不附加主观限制的纯粹对象，真理也是不夹杂任何感受的纯粹自动性。不过，高度抽象也有一条回归感性的道路，因为思想会引发内在的感觉，逻辑和道德相统一的概念会转化成感性上的和谐的情感。但是，当我们以认识为快乐时，就严格地区别我们的概念与我们的感觉，我们把感觉当作某种偶然的东西，忽略了它并不会令认知中断、真理不成为真理。但是，试图分开美的观念与感觉能力的联系是徒劳的。所以，仅仅把前者看成是后者的结果是不够的，两者是互为因果。当我们享受认识的快乐时，区分感觉和概念并不难，我们把后者看作某种偶然的东西，即使要全部省略它，知识也不会因此消失。相反地，当我们体会审美的快感时，就无法区别活动和受动的这种交替了。在这里，思索和情感是完全交织在一起的，以至于我们认为自己直接感受到形式。所以，美对我们是一种对象，因为思索是我们感受到美的条件。然而，美同时又是我们主体的一种状态，情感是我们获得美的观念条件。美是形式，我们可以观照它；同时，美又是生命，因为我们可以感知它。总之，美既是我们的状态也是我们的行为。

正因为美同时是这两者，所以它向我们证明了：受动不排斥能动，素材不可拒斥形式，有限不可拒斥无限，所以人的必然的自然依存性绝不会消灭人的道德自由。美可以证明这一点，我应该补上一句，只有美才能为我们证明这一点。因为在我们享受真理或逻辑统一的快乐时，感觉不一定与思想结合在一起，而是偶然地随之产生。它只能为我们证明，感性只能与理性相伴，反之却不能证明：两者是并存的、相互作用的，两者绝对必然地结合在一起。正相反，思考时要摒除情感，感觉时要摒弃思想，这一情况能够做出两种互不相容的推论。诚然，进行分析的思想家们对于纯粹理性在人身上的存在（除了说明它存在以外）实际上不能提供更好的证明。但是，由于享受美或审美统一时，会出现物质与形式的实际的统一与交替、受动和活动的实际的统一与交替，所以，这两种本性可以结合，无限可以出现在有限中，因而，意识到最崇高的人性。

美证明了道德自由与感性依存性完全并存，还证明物质和精神并不需要必舍其一。因此，在寻找从感性依存到道德自由的过渡时不会感到惶恐不安。如果像美的事实所证明的，人与感性的结合是自由的，如同自由的概念本身所说明的，自由是某种绝对的和超感性的东西，那么，人怎样从有限上升到绝对、怎样在他的思考与意志中和感性相对抗，就不再是问题了。因为这一切在美中曾经发生过。总而言之，我们不再问人如何从美实现真理，因为从真理的能力来说，它已经包含在美德中了。问题在于人怎样开辟一条道路，使他从一般的现实达到审美的现实，从生活感达到美感。

第二十六封信

正像前面所说的，只有审美的心境才产生自由，这种心境不能由自由产生，也不能由道德起源。它定然是自然的馈赠，只有偶然的幸运才能挣脱物质状态的束缚，使野蛮人走向美。

悭吝的自然剥夺了人的快乐，奢华的自然使人失去努力的方向，愚钝的感官感知不到需求，剧烈的欲求得不到满足，因此，美的幼芽都不会萌生。在人像穴居人那样躲藏在洞穴中，永远独自过活，在自身之外找不到人性；人三五成群过着流浪的生活，永远只是充数，在自身之内找不到人性，不会萌发美的幼芽。只有人静静地在自己的屋舍和自己交谈，走出小屋能与同类交流，美的幼芽才能生长。当新鲜的气息使感官敏感于触动，温暖使丰富的物质活跃起来——盲目物质王国在无生命的创造中崩溃，成功的形式甚至使最不足称道的自然高贵起来——在欢乐的状态与幸福的领域里，只有行动导致享受而享受导致行动，只有从生命本身产生神圣的秩序以及由秩序法则养护生命，只有想象力永远脱离了现实却不破坏自然的朴素时，感受和思维、感受力与创造力才能在难能可贵的平衡中发展，这正是美的灵魂与人性的条件。

何种现象表明野蛮人与人性相伴呢？不论我们对历史追溯到多么遥远，在摆脱了动物状态奴役的所有民族中，这种现象都是相同的：对外观的欣赏、对装饰和游戏的喜好。

极端的愚蠢和极端的知性之间存在某些相似之处，那就是两者都只寻找实在，并且毫不介意纯粹的外观。只有对象直接出现在感觉中才能破坏愚人的平静，只有使人的概念重新回归经验的事实才能使知性平静。总而言之，愚蠢不能超越现实，知性不能止于真实。所以，对实在的需求与对现实的东西的依附只是缺乏人性的后果，对实在的冷漠与对外观的兴趣是人性真正扩大与达到文明的关键性步骤。首先，这是外在自由的证明，因为在受必然与需求支配的时候，绳索将想象力牢牢地束缚在现实之上。只有满足了需求，想象力才能发挥无拘无束的作用。其次，这也是内在自由的证明，它让我们看到一种力量，这种力量不依赖于外在世界而是由自身产生，并有阻挡物质侵犯的足够的能量。事物的实在是事物的作品，事物的表象是人的作品。一个以表象为快乐的人，不再以他感受的事物为乐，而是以他所创造的事物为乐。

不言而喻，这里指的是现实和真理的审美表象相区别，而不是与现实和真理相混淆的逻辑表象。我们喜欢它，是因为它是表象，而不是因为我们把它当成其他的更好的东西。只有审美表象才是游戏，而逻辑表象只是一种欺骗。我们尊重审美表象，这绝不会对真实造成损害，因为不存在用表象假冒真理的危险，而假装真理才是唯一能对真理造成伤害的。不看重外观的也就是不看重所有美的艺术，因为艺术的本质就是表象。有时，认知在寻求实在的过程中竟然达到如此令人无法容忍的地步，以致轻视一切具备美的表象的艺术，做出轻蔑的判断，因为它不过是表象罢了。不过，这只是在认知有上述（审美外观和逻辑外观）相似性的时候才会出现的情况。我还要选取恰当时机特别谈论美的表象的必要界限。

自然赋予人的两种感官使人通过外观就能够认识现实的事物。由此，自然使人从实在上升到表象。在眼睛和耳朵里，已经从感官中拒斥了物质的侵扰，在动物的感官中需直接接触的对象如今远离了我们。用眼睛看到的东西与我们感觉到的东西不同，因为认知伴随目光达到对象。触觉的对象是我们承受的一种作用力，眼睛和耳朵的对象是我们创造的一种形式。当他还是野蛮人时，只感受到触觉的快乐，在这个阶段表象的感觉只是服务于触觉的。他完全没有提高到视觉，或者并不满足于视觉。当他开始用眼睛来享乐的时候，视觉对于他得到了特定的价值，他也就拥有了审美的自由，发展了游戏冲动。

以表象为快乐的游戏冲动一出现，马上就会产生模仿的创造冲动，这种冲动将表象作为某种独立的东西来对待，只要人将表象和现实、形式和物体区别开来。他区别开它们，也就做到了这一点。通常来说，模仿艺术的能力与追求形式的能力相伴而生。对艺术的追求以另一种素质为基础，至于这种素质在此无须赘言。审美的艺术冲动发展的时间早晚，只与人们对专注于纯粹表象的那种热爱的程度有关。

因为全部现实的存在都起源于作为外界力量的自然，一切表象都起源于具有想象力的主体人，所以，当人把表象从现实存在中分离出来并依据自身的法则处置表象时，他不过是在行使自己的特权罢了。人能通过无限的自由使自然分离开的东西再度结合，只要他能结合在一起来思考，他就能分离自然所结合的东西。在这里，唯一神圣之物是他自身的法则，他要留意的是区分出他的领域与对象存在或自然领域的界限。

人在表象的艺术中行使其支配权，越严格地区分出"我的"和"你的"，越认真地分离形体和实体，越明白给形体以更大的独立性，那么，他就越发扩大了美的王国，而且保护了真实的疆界。因为如果他将表象从现实脱离出来，他也需要将现实从表象中脱离出来。

　　然而，他只有在表象世界里，在想象力的非实体王国中，才拥有这种至高无上的权力。只有当他在理论上真诚地拒绝表象就是实际存在，在实践上才拒不借助表象认识实际的存在。据此可知，假如诗人要令他的理想存在或他以一定存在为目标，那么，他也会超出自己的范围。因为他只有按照下文提到的方法才能实现前面提及的两种情况：或者超越诗人的权利，以自己的理想代替经验，以纯粹的可能性规定现实的存在；或者舍弃诗人的权利，让经验替代理想，把可能性局限在现实的条件以内。

　　只有表象是真正的（明确放弃对实在的一切要求），而且只有它是独立的（无须实在的任何帮助），那么，表象才是审美的。如果它是虚假的并且伪造的实在，如果它是不纯粹的并且必须求助于实在才能起作用，那么，表象不过是物质目标的低等工具，并且也无法证明精神的自由。我们发现美的表象的对象无须失去实在，既然我们关于对象的判断不在意这种实在。因此，判断一注意到实在，它就不是审美的了。和描绘出的女性美相比较，我们当然同样喜欢，甚至更喜欢活的女性美，但如果我们更欣赏后者，那么，我们就不仅将她当作独立的表象，我们欣赏她就不仅仅是由于纯粹的审美感了。纯粹的审美感把有生命的东西也只能作为表象，把现实的东西也只能作为观念来欣赏。但是，把有生命的对象只当作纯粹的外观来感受，比对待没有生命的表象要有更高的审美水平。

　　不论在任何人或任何民族中，只要我们找到真正和独立的表象，我们就能找到精神、趣味以及与之相近的特权。只有在这种情况下，我们才能看到这种景象：理想支配着现实生活，金钱被荣耀打败，享乐被思想打败，存在被不朽的梦想打败。在这种情况下，民众的呼声令人恐惧，诗人的橄榄花环比当权者的紫色锦袍更加令人尊敬。只有软弱无能和乖戾非正常才躲藏在虚伪与贫弱的表象中，而个人与整个民族"借助表象装饰实在或借助实在装饰（审美的）表象"——这两者乐于彼此相连——就证明他们在道德上没有丝毫可取之处，更是审美无能。

"表象在道德世界中可以接受的程度有多大？"对于这个问题的回答是简明扼要的：只要它是审美的表象，也就是说，表象既不要替代实在，实在也不需取代外观。审美的表象绝不会损害道德的真理。很容易指出，这种表象并不是审美。比如，只有不熟悉美的交往的人才把普通形式的礼貌当作个人爱好的标志，一旦他失意，就开始批评它的虚伪。但是，只有对美一无所知的人为了礼貌才求助于虚伪，为了招人喜欢才求助于阿谀。前者（对美的交往不熟悉的人）依然缺乏对独立表象的理解，因此，只有通过真理才能赋予表象以意义；后者（对美一无所知的人）缺乏实在，他试图用表象来弥补不足。

常常会听到现代一些平庸的批评家抱怨：实在从世界上消失不见，本质由于表象而被忽略。虽然我丝毫不觉得有责任为当代辩护，去反驳这种批评的声音，但是从这些批评所覆盖的范围就很清楚地知道，他们之所以批评，不仅仅是由于虚伪的表象，而且也因为真正的表象。甚至他们出自为美考虑，与其说是和独立的表象有关系，倒不如说是与贫弱的表象有相关。他们不仅仅攻击那些隐藏真理和替代现实的欺骗性粉饰，而且嫉妒那些填补空虚与隐藏贫穷的有效的表象，也嫉妒使普通现实高贵化的理想表象。世俗的虚伪性不无理由地嘲弄了他们的真实感，只可惜他们把礼节也看成虚伪。他们不喜欢外部浮夸的虚饰对真正的付出造成损害，但他们竟然不喜欢人们要求付出的表象赋予内在的内容以令人愉悦的形式。他们对缺乏往昔时代的诚恳、英勇和真挚的状况表示不满，但是也希望重见原始习俗的笨拙与粗野、古老形式的沉重以及以前哥特式的浮华。

这种判断表明他们对物质自身的重视与人性尊严并不相称。人重视物质只是因为物质能够包容形象并拓展思维。假如它能在更好的判决中经受住考验，这一时代的趣味无须顺从于这种想法，美的审判官批评我们的不是我们重视审美表象（我们做得还远远达不到要求），而是我们还没有达到纯粹的表象，表象还没有彻底区分开存在和表象，并据此永远确定两者的界限。只要我们没有渴望而不能享受自然美，只要我们没有问清目的而不能欣赏模仿艺术的美，只要我们还不承认想象力有它自己绝对的立法权，只要我们没有因重视它的作品而指出它的尊严，那么我们就应受到这种指责。

第二十七封信

假如我在前文中所阐释的审美表象的高尚概念能够具有普遍意义，那么您就无须为实在和真理费神。只要人还没有足够的教养，就会滥用这一概念，它就不会有普遍意义。假如要使它有意义，就要通过教养的作用来达到，从而使滥用这一概念不可能实现。人对自主的表象的追求需要比他自己局限于现实中更强大的抽象力、更强大的心灵自由、更强的意志力。超越实在是人达到表象的前提。如果走上通往理想的道路是为了避免走向现实的道路，那他的想法就大错特错了。我们不必担忧表象对现实有什么危害，但我们要担忧现实对表象的损害。由于被束缚在物质上，人长久以来都使表象只服务于他的各种目的，后来，才在理想的艺术中给予表象一种独特的身份。为此，人的整个感受方式必须经过一次全面的革命，否则人就甚至找不到通向理想的道路。在我们发现对纯粹表象进行无利害关系的自由评价的痕迹时，我们就可以推断出他的本性已经经历这种变革，他的人性真正开始了。实际上，这种痕迹在人最初美化他生存的尝试中就已经看到了，他们这样做甚至不担心因此损害了生存的感性内容。只有人开始欣赏形象而不在意物质，并为了表象（他必须确定是表象）而抛弃实在，动物性屏障才开始瓦解，他才发现自己走上一条没有止境的道路。

满足于自然所需已不能让人满足，人要求有所盈余。当然，最初这还只是一种物质的盈余，这是为了避免让欲望受到压制，以便超出现有所需确保享受。但后来就要求在物质的盈余上有审美的附加物，以便可以同时满足他的形式冲动，使他的享受超出种种欲求。当他还只是为了将来而积累储备，在想象中提前享受它们的时候，他当然已经超越现实，但是并没有超越时间的界限。他只是享受更多，而不是享受不同。但是当他把形象也置于享受之列，关注满足他的欲望的对象的形式时，他就在范围和程度上提高了他的享受，而且在种类上也使他的享受高尚化了。

的确，大自然赋予非理性生物的也超出了它们的最低需要，并在幽暗的动物生活中投下了一束自由之光。当狮子不受饥饿威胁，无须与其他野兽搏斗的时候，它余下的精力就为它本身开辟一个对象，它雄壮的吼声在荒野中回响，旺盛的精力在这无目的中得到了享受。昆虫在阳光下四处飞行享受生活的乐趣。诚然，我们无法从鸟儿悦耳的鸣叫中听到欲望的呼声。毫无疑义，在这种动作中是有自由的，然而，这并非脱离了所要的自由，而只是脱离了某种外在需求的自由。当动物活动的推动力缺乏的时候，动物是在工作。当精力充沛是它活动的推动力，多余的生命力在刺激它活动时，动物就是在游戏。这种力量的浪费与使命的松懈甚至在没有灵魂的自然界中也可以看到，就其物质意义来说，也可以叫作游戏。树木生长出无数没有长成就凋落的幼芽，它们为了获取营养，生长出的树根和枝叶，超出维持个体和种属所需。它们在愉快的活动中浪费掉树木，还给大自然大量没有使用与享受过的东西。所以，自然在它的物质王国中已经预示出无限的前奏，在这里，已经部分地解除了在形式王国中它将会完全解除的枷锁。富余的限制解释了从必要性限制到审美游戏转变。在摆脱种种特殊目的的压制之前，自然已经通过其本身既是目的又是手段的自由运动渐渐走向（至少是在某种距离上）独立性。

如同人的身体器官一样，人的想象力也有自由运动与物质游戏，但它还没有涉及形象，只是以其自身的力量和无拘无束为快乐。因为形式尚未参与这种幻想的游戏，其魅力还只是一种意象的没有控制的延续。这种游戏虽然是人所特有的，却完全属于他的动物性世界。它只说明人已从各种外在的感性强制下解放出来了，还不能推断他已经有独立的创造形象的能力。由意象的自由承续所构成的这种游戏还完全是物质的，用纯粹的自然法则就能够解释。从这种游戏出发，想象力通过追求自由形式的尝试，最终到达审美的游戏。这应该叫作飞跃，因为一种全新的力量出现了，立法精神首次干预盲目本能的活动，使想象力的任意活动服从于恒定的统一，将独立性纳入变化之中，把无限性纳入感性之中。但是，粗野的自然过于强大，不断地从一种变化走向另一种变化，而不知道其他的法则，那么，它就用不可抑制的任意活动来反抗必然性，用不安定来对抗恒定性，用依赖性来对抗独立性，用不满足来反抗崇高的朴素性。在最初的尝试中，审美的游戏冲动很难被觉察，因为感性冲动不断地以其恣意的癖好与粗野的欲望进行干预。所以，我们看到粗鄙的趣味首先抓住新奇的和令人诧异的、混乱的及冒险的、暴力和野蛮的东西，却回避朴素和平静。这种趣味创造出的形象非常荒诞，它喜欢迅捷的转变、浮华的形式、巨大的反差、激昂的曲调和悲哀的歌声。在这一时期，只有激发起这种趣味并给它以物质的事物才叫作美，然而激发起来是为了进行独立的抵抗，赋以物是为了创造，否则它谈不上是美。因此，他的判断的形式发生了引人注意的变化，他之所以关注这些变化，并不是因为它们影响他，而是因为它们给予他促使他幸福的东西；他之所以欣赏这些对象，不是因为它们可以满足需求，而是因为它们满足一种法则，虽然这种法则在人的心中还非常微弱。

不久之后，他就不再满足于取悦他的事物，他想通过自身获得快乐，最初是通过属于他的东西，后来就通过他本身。他拥有的创造的事物，不能再只是具有服务性的痕迹、只有他的目的过分拘束的形式，除了有用性以外，它还应当有想象出来的聪慧和知性、制造了它的爱抚的手以及选择和提出了它的清澈而自由的精神。这时，日耳曼人为自己寻找更有光泽的兽皮、更华美的鹿角与更精致的角杯，而古苏格兰人为自己的庆功宴寻找更美丽的贝壳。武器这时也不仅是威胁的物件，而是享乐的物品。工艺精美的剑鞘像能够格斗的剑刃一样吸引人们的注意。人不满足于把审美的盈余纳入必然的事物，自由的游戏冲动终于彻底摆脱了需求的束缚，从而，人追求美本身，人装饰自己。自由的乐趣纳入了他的需求之列，他最大的快乐来源于非必需的东西。

正如形式逐渐由外部深入到他的住宅、家具、服装，后来开始掌握人本身那样，形式最初改变人的外表，然后改变人的内心。喜悦的无规则联结成为舞蹈，没有定型的手势成了优美而和谐的手势语言，情感产生的杂乱音响发展到有节奏而编成歌曲。特洛伊军队呼喊着如同群鹤那样冲进战场，而希腊军队则迈着优雅的步伐悄悄地走向战场。我们看到盲目力量的释放，同时，我们看到形式的胜利和法则的纯朴庄严。

两性被一种更美的必然性结合在一起，内心的关注有助于维持喜怒无常的欲求所结成的这种关系。挣脱了疑虑的束缚，沉静的目光可以把握住形象；心灵直观心灵，高尚的互相倾慕可以替代自私的相互享乐。随着人性出现在自己的对象中，欲望变大并发展成爱。为了获得意志的更大的胜利，人们轻视对感官的卑微利益。对需求的快乐使强者服从趣味的判决，他可以夺取快乐，而爱却只能是一种赠予。只有通过形式，而不是物质，他才能获得更高的奖赏。他不能用力量对情感进行干预，并以现象出现在知性面前。他要想取悦于自由，就必须听任自由的作用。如同美在它最纯粹、最简单的例证，即两性的永恒对立中处理不同本性的争端，它在盘根错节的社会整体中处理这一争端——至少试图把它解决——美把男性的强大与女性的温柔之间所缔结的自由结合当作美的范例，力求在道德世界中调和柔和的事物与激烈的事物。现在，软弱成为神圣的，不可驾驭的强大成为可耻的，自然界的不公平为骑士风尚的宽宏大度所矫正。不畏惧任何威力的人可以在害羞的温柔红晕面前解除武装，眼泪可以平息鲜血都不能扑灭的复仇之火，甚至仇恨也要倾听荣誉的柔和声音，胜利者的刀剑也要宽恕解除了武装的敌人，好客的炉灶也会为海岸边的不请自来的人升起炊烟，而以前这种人只有被杀害的危险。

在审美力的可怕王国中以及在法则的神圣王国中，形式的审美冲动悄无声息地建立起第三个王国，即游戏和表象的王国。在这里，它解除了人身上的一切束缚，不论是物质的束缚还是道德的束缚。

在权利的国度里，人与人以力相遇，人和人以法律的威严相对抗，他们的意志受到约束。在美或审美状态的范畴内，人只需以形式呈现给别人，只作为自由游戏的对象而与人相处。通过自由给予自由，这就是审美王国的基本法则。

通过自然去征服自然的方式，使社会成为可能。道德只能通过使个人的意志服从于普遍意志的方式，使社会（在道德上）成为必要。只有审美状态才能使社会成为现实的社会，因为它通过个体的本性去实现人的整体意志。需求使人进入社会，理性在他心中树立起社交的原则，而只有美能赋予人社会属性。只有审美的趣味能够给社会带来和谐，因为它在人的身上培植出和谐。其他一切形式的认知都会造成人的分裂，因为它们或者完全建立在人的感性部分或者完全建立在精神部分，只有美的观念才使人成为整体，并且保持绝对的和谐一致。一切其他形式的沟通都使社会分裂，因为它们或者只是涉及社会全体成员的个人感受，或者只是涉及他的个人能力，即涉及人和人之间不同的东西。只有美的交流才使社会统一起来，因为它涉及大家共同的东西。我们作为个体来享受的只能是感性的快乐，而感性对我们的同类来说肯定无法分享。我们不能把我们的感官快乐普遍化，因为我们不能把理性的快乐普遍化，因为我们不能像在我们自己的判断中那样，在其他人的判断中清除掉个体的痕迹。只有美的快乐，无论是人体还是人的类属都是同时可以享受的；也就是说，一个人享受了美，他也是代表人类来享受知识的愉悦。感性的善只能使一个人幸福，因为它是以独占为基础的，而独占必定会造成某种排他的后果。它只能给人片面的幸福，因为个性并未参与其中。绝对的善只有在一般无法假定的条件下才能使人幸福，因为真理只是克制的回报，只有纯洁的心才相信纯洁的意志。只有美才能使全世界幸福，因为任何一个人、任何一种事物，只要它被美的魔力选中，它就扬弃了自己的局限，使自己融入世界的整体之中。

只要审美的趣味占据主导地位，美也就延伸到了表象之上，任何优先权、任何独占权均不会被容忍。美一直延展到理性至高无上的地位，一切物质的东西消失不见了；它延伸到感性冲动以盲目的力量支配着、形式尚未产生的地方。即使在这些立法权被剥夺的终极边界上，审美趣味也不允许剥夺它的执行权。自私的欲望由于问题与社会格格不入，所以必须放弃，只吸引感官的那种愉快事情也必须把它的魅力之网撒向精神领域。严厉和义务的必然性必须改变反抗申辩的语调，用更高贵的信任来尊重服从的自然。审美趣味必须把认识从科学的神秘中带到阳光普照的大地之上，让狭隘的学问变为整个人类的共同财产。在审美趣味的领域，最伟大的天才也得放弃自己的高位，亲切地俯就儿童的好奇心。它要受娴雅美丽的女神们的约束，傲慢的雄狮也要接受爱神的驾驭。所以，审美趣味以自己轻柔的面纱掩盖着低级趣味，以免这种欲望在赤裸裸的形态下会辱没自由的尊严。审美趣味还用自由的可爱幻影把可耻的物质的关系隐藏起来。甚至那摇尾乞怜的、充满铜臭的艺术，一旦给它加上趣味的翅膀，也会从地上飞升起来。只要审美趣味的手杖一碰，无论是有生命的动物、植物，还是无生命的物体，都会卸去身上的枷锁。在审美的国度里，一切事物——甚至使用的工具——都是自由的公民，同最高贵具有同等的权利。原本知性会根据它的意图塑造物体，但结果现在，它也要去征求他们的同意。在审美表象的王国里，平等的理想能够得到实现，这种理想是那些政治狂热者们希望能在社会中实现的。美在帝王的宝座附近能得到最快和最完美的实现，在现实中限制人不得不在理想中寻找补偿。

美的表象是否存在？在哪里可以找到它的疆界、它的宫墙呢？作为一种需求，它存在于每个优美的心灵中；作为一种行为，它像纯洁的教会和纯洁的共和国那样，也许只能在个别的、少数的并且出类拔萃的人当中找到。在那里，指导行动的不是对外来习俗的刻板模仿，而是人们自己的美的本性。在那里，人以勇敢、单纯、宁静和天真应对错综复杂的关系网，人既无须为了维护自己的自由去损害别人的自由，也无须牺牲自己的尊严来展现优雅。